쓸모없는 인간들에게 건강한 몸은 과분하다

오르간
뮤직

오르간 뮤직

쓸모없는 인간들에게 건강한 몸은 과분하다

마거릿 마이 지음
심혜경 옮김

내인생의책

차례

#1
포브스 거리

"저기 좀 봐!"

"뭐?"

할리의 말에 데이비드가 물었다.

데이비드와 할리가 있는 곳은 포브스 거리. 창문
유리는 성한 데가 하나도 없고, 벽돌담은 지저분하기
짝이 없었다. 지저분한 벽돌담을 비추는 가로등 아래
서 할리와 데이비드는 잠시 걸음을 멈췄다. 위층 어딘
가에서 흐릿한 불빛이 깜빡깜빡 창밖으로 흘러나왔

다. 불빛을 따라 시선을 옮기던 데이비드는 담벼락에 쓰인 낙서를 발견했다. 다른 쪽에도 같은 문장이 다른 색으로 휘갈겨져 있었다.

퀸타는 어디로 갔나?

누군가가 묻고, 묻고, 또 묻고 있었다. 그 뜻 모를 질문이 벽마다 어지럽게 적혀 있었다.

이렇게 위험해 보이는 동네를 지나가게 된 건 할리 때문이었다.

"끝내줄 거야. 그 동네 완전 으스스한 곳이라니까. 본드 하는 애들도 거기 가는 건 겁내더라고. 경찰들도 그럴걸."

포브스 거리는 가난한 사람들이 사는 지저분한 곳일 뿐, 원래 무서운 동네는 아니었다. 그런데 사람들이 떠나가면서 버려진 동네가 되고 말았다. 이곳을 위험하게 만든 건 사람들인 셈이다. 그래도 아직 이 거리에 누군가 있는 게 분명했다. 길에 자동차가 세워져 있는 걸 보면 말이다. 가로등 아래서 할리는 그 차를 뚫어지게 쳐다보고 있었다. 차체가 찌그러지고 지저분하기는 하지만 어디서나 흔히 볼 수 있는 평범한 파란색 승용차였다.

"딱 보니 마약 공급책이 타는 차네."

데이비드가 빈정거리듯 말했다.

"저기 봐! 자동차 키를 운전대에 꽂아 뒀어!"

할리가 들뜬 목소리로 말했다. 할리 말대로, 은색 공이 달린 열쇠가 운전대에 꽂혀 있었다. 공이 은빛으로 반짝이며 대롱거리는 모습이 마치 데이비드에게 윙크라도 하는 것 같았다.

"트윙클단도리!¹"

데이비드가 신이 나서 외쳤다.

"말장난 좀 집어치워. 못 들어 주겠네."

"뭐 어때. 새로운 단어 만드는 거 재밌기만 한데."

"됐거든, 그 얘긴 여기까지. 저 열쇠 좀 봐!"

---

1 twinkledandory twinkle은 '반짝거리다'라는 뜻으로, 데이비드가 새로 만들어 낸 말.

할리가 점점 더 위험한 짓만 골라서 하고 다닌 지여섯 달이 넘었다. 음악 교사였던 엄마가 재즈 기타 연주자와 사랑에 빠져 집을 나간 뒤부터였다. 골치 아프게도 할리는 데이비드까지 차에 태우려 했다.

"꿈도 꾸지 마!"

데이비드가 대롱거리는 은색 공을 쳐다보며 말했다. 공이 데이비드에게 다시 한 번 윙크를 했다.

"왜 안 되는데?"

할리가 고집을 피우기 시작했다.

"차 주인이 누군지는 몰라도 멍청한 사람인 게 분명해. 차를 한 번 잃어버려 봐야 정신을 차릴 거야. 그게 그 사람한테도 좋을걸? 앞으로는 조심할 테니까. 데이비드, 딱 한 바퀴만 돌고 오자."

"안 된다니까. 네 말이 맞다 쳐도, 운전은 누가 해?"

"너한텐 안 시킬게. 내가 몰지 뭐. 어쩌다 굴러들어온 고철덩어리 모는 거야 식은 죽 먹기지."

할리가 비웃듯 말했다.

"하지만 경찰이 보면 한눈에 우리가 애들인 걸 알걸."

데이비드는 그렇게 말해 놓고, 자기가 듣기에도 소심하고 몸을 사리는 것 같아 짜증이 났다. 거친 말들도 꽤 아는 데이비드건만, 어찌된 일인지 실제 상황이 닥쳤을 때는 머뭇거려지는 건 어쩔 수 없었다. 그래도 당장 집에 가고 싶다느니, 엄마가 벌써부터 걱정하고 있을 거라느니 하며 징징거리지는 않았다. 반면에 할리는 무모하고 거침이 없었다. 들떠 날뛰는 앵무새의 볏처럼 머리를 쭈뼛 세우고는, 무슨 일이든 뛰어들 준비가 되어 있었다.

"삼촌이 나한테 운전을 가르쳐 줬는데, 애들 중에서 내가 운전을 제일 잘할 거래."

"그래, 세상에서 제일 잘하겠지. 그래도 경찰 눈은 속일 수 없어. 넌 아직 열네 살인 데다가 실제로는 기껏해야 열한 살짜리처럼 보이니까. 키가 작아서만은 아닌 거 같고. 머리카락을 몽땅 세우니까 귀가 튀어나와 보여서 그런가. 넌 귀가 좀 웃기게 생겼잖아!"

"그래, 그런가 봐."

할리가 머리카락과 귀를 납작하게 누르면서 중얼거렸다. 할리는 작아 보인다는 말을 세상에서 제일 듣기 싫어했다.

"교통법규만 잘 지키면 경찰도 우리한테 신경 끄겠지."

할리는 운전석으로 돌아가 운전대를 살펴보았다. 앞문이 열려 있었다. 일부러 열어 놓은 듯 활짝 열린 문이 데이비드는 뭔가 꺼림칙했다. 또 다시 와락 겁이 났다. 세상일은 그렇게 쉽게 풀리지 않는 법이다. 쉽게 풀려서도 안 되고.

"그럼 됐지?"

할리가 미끄러지듯 운전석에 앉으며 말했다.

"스투피도도러스[2]!"

데이비드가 중얼거리며 마지못해 할리를 뒤따라 차에 올랐다. 일이 분쯤 정도 차에 타 보는 게 뭐 대수

---

2 stupidodorous '멍청한'이라는 뜻의 stupid와 '냄새 나는'이란 뜻의 odorous를 합쳐 만든 말.

겠는가? 언제든 다시 내리면 그만인데.

"와, 이 시디들 좀 봐!"

할리가 계기판 아래를 곁눈질하며 말했다. 이어 자동차 키에 손을 대자, 열쇠고리 끝에 달린 은색 공이 가볍게 흔들렸다. 마치 두 사람을 번갈아 훑어보는 듯했다.

"공이 우리를 감시하고 있어. 오토비줄러티[3]! 할리, 내리자. 안 그러면 큰일 날 거야."

"집에서 기다리는 엄마한테 가야지? 시간이 너무 늦었나? 귀신이라도 나올까 봐 겁나?"

할리가 손톱으로 열쇠고리 줄을 튕겼다.

"넌 꼭 겁날 때 용감해 보이려고 말장난을 하더라."

할리는 늘 데이비드가 선생님이나 부모님, 귀신 같은 것에 겁을 먹는다고 핀잔을 주곤 했다.

할리가 자동차 키를 돌렸다. 시동이 걸렸다. 시동이

---

3 autovisulati '자동차'라는 뜻의 auto와 '시각'이라는 뜻의 visuality를 합쳐 만든 말.

어찌나 부드럽게 걸리던지, 데이비드는 엔진이 진짜로 돌아가는지 확인하느라 귀를 기울였다.

할리가 핸드브레이크를 풀자 차가 앞으로 미끄러져 나아갔다. 데이비드는 의자에 등을 기대고 입을 다물었다. 지금 둘이 벌이는 짓은 새로운 단어를 만들어 내는 놀이와는 차원이 달랐다. 할리가 기어를 바꿨다. 이제 자동차는 칙칙한 벽돌담 사이로 속도를 높이며 진짜로 달리고 있었다.

담벼락에 녹색 야광 스프레이 페인트로 적힌 문장이 언뜻 스쳐 지나갔다.

퀸타! 집으로 돌아와!

하지만 할리와 차를 훔친 마당에, 데이비드 눈에 그런 게 들어올 리 없었다. 실제로 차를 훔치고 있는 것이다. 차량 도난 사건의 용의자가 되고 말았다. 이제부터는 꼼짝없이 도망자 신세였다.

"음악 좀 틀자."

운전대를 꽉 쥔 할리가 말했다.

데이비드는 앞에 있는 계기판을 힐끗 쳐다보았다. 여러 개의 버튼 중에 시디라고 쓰여 있는 걸 눌렀다.

"먼저 시디부터 넣어야지."

할리가 목소리를 높였지만 음악 소리는 이미 사방에서 울려 퍼지고 있었다. 깨질 듯 요란한 록밴드 연주였다. 기타, 앰프, 키보드, 드럼.

"좋은데!"

할리는 소리쳤고, 데이비드는 노랫말을 들어 보려고 귀를 기울였다.

딜리, 딜리! 딜리, 딜리!
어서 와서 죽어 주렴
네 속을 가득 채워 구워 내면
내 손님들은 배를 채우겠지.

데이비드는 손끝으로 정지 버튼을 눌렀다.

"왜 그래?"

할리가 퉁명스럽게 물었다.

"노래 내용 안 들려?"

"뭐가. 비트가 좋기만 하던데. 다시 틀어."

할리와 데이비드는 음악을 들으면서 낡고 지저분한 동네를 빠져나갔다. 이제 둘은 낯익은, 모든 것이 잘 정돈된 익숙한 구역으로 접어들었다.

"속도 내지 마. 그러다 경찰한테 걸리겠다."

데이비드가 말했다.

"속도 안 내."

할리가 말꼬리를 잘랐다. 하지만 왠지 자신이 없는 말투였다. 운전석에 앉은 할리는 확실히 작아 보였다. 운전대 너머를 가까스로 내다볼 수 있을 정도였다.

"그런데 가사가 뭐 어땠길래 그렇게 열을 낸 거야?"

"죽음에 관한 거였어."

데이비드가 말했다.

"그게 다야? 누가 들으면 네가 죽을까 봐 겁먹은 줄 알겠다. 딜리, 딜리, 딜리!"

할리가 불쑥 왼손을 뻗더니 시디 버튼을 꾹 눌렀다.

"그 노래 좀 다시 들어 보자."

음악 소리가 다시 한 번 차 안을 가득 채웠다. 그런데 지금 들리는 건 아까와는 달리 하늘나라의 성가대가 부르는 듯 우아한 노래 소리였다. 노랫말은 아까와 똑같았다. 아니 거의 비슷했다.

딜리, 딜리! 딜리, 딜리!

어서 와서 죽어 주렴

네 배 속이 텅 비면

내 손님들은 배가 부르겠지.

"카운터 테너가 좋은데!"

할리가 갑자기 차분한 목소리로 감탄의 말을 던졌
다. 데이비드는 할리가 의외로 클래식 음악을 꽤 좋아
한다는 것을 기억해 냈다.

"가사는 변태 같지만."

보통 때의 목소리로 돌아온 할리가 덧붙였다.

"괴상해도 너무 괴상해. 그리고 가사 내용도 아까
들은 거랑 좀 달라진 것 같아. 차 세워. 내릴래."

데이비드의 말에 할리가 꼬꼬댁거리며 닭 우는 소
리를 냈다.

"그래, 나 겁쟁이다! 차 세우라고."

데이비드가 소리쳤다. 데이비드는 할리가 여유만만

하게 브레이크 페달을 밟는 모습을 지켜보았다. 잠시 뒤, 할리는 당황한 얼굴로 페달에서 발을 떼더니 이리 저리 꾹꾹 눌러 댔다.

"왜 그래?"

데이비드가 초조한 목소리로 물었다.

"아무것도 아냐."

할리가 단호하게 대꾸했다.

"걱정 마! 음, 넌 내 단짝이니까 특별히 집까지 잘 태워다 줄게."

"좌회전부터 해."

데이비드가 그렇게 말했지만 할리는 좌회전을 해야 하는 곳을 그대로 통과했다. 그다음도 마찬가지였다.

"뭐 하는 거야?"

데이비드가 목소리를 높였다.

"아무것도 아니라니까."

그렇게 대답하면서도 할리는 겁에 질린 듯 입을 다 물지 못하고 있었다.

신호등이 빨간색으로 바뀌었다. 할리는 차를 멈추지도, 속도를 늦추지도 않았다. 아이들이 탄 차는 신호를 무시한 채 속도를 높였고, 오른쪽에서 달려 오던 차가 놀라 경적을 울려 댔다. 시끄러운 소리가 데이비드의 머릿속까지 파고들었다.

"미쳤어? 멈춰! 당장 멈추라고!"

데이비드는 할리를 향해 고함을 쳤다. 할리는 고개를 돌려 데이비드를 바라보며 가쁜 숨을 몰아쉬었다.

"앞을 봐! 앞!"

데이비드가 소리를 질렀다.

"볼 필요가 없어."

할리는 잠긴 목소리로 대답하고는 운전석에 몸을 묻으며 가속 페달에서 발을 뗐다. 운전대에서 손도 치웠다. 부드럽게 돌아가는 차의 엔진 소리는 그대로였다. 속도도 떨어지지 않았다. 아니, 오히려 더 빨라지는 것 같았다.

"운전은 이 차가 하고 있으니까."

도시의 끝자락을 끼고 리본 같은 도로가 눈앞에 펼쳐졌다. 고속도로였다. 자동차는 시원하게 뚫린 도로에서 성능을 뽐내고 싶어 안달이 난 것 같았다. 차가 도로의 안쪽 차선을 타고 달리기 시작했다. 나지막하게 속삭이던 엔진 소리가 으르렁거리는 것처럼 묵직해졌다.

"데이비드! 대체 어떻게 생겨먹은 차가 이럴 수 있지?"

할리가 절규하듯 외쳤다.

"그러게 내가 건드리지 말자고 했잖아!"

데이비드가 소리를 질렀다.

"어쨌든 너도 탔잖아. 내 잘못만은 아니야. 우리를 어딘가로 데려가는 모양인데, 거기가 어딜까?"

"내 생각엔 경찰과 관련된 것 같아. 일종의 함정 수사? 울트라오피셜라타[4]!"

"또 시작이네! 하나도 재미없거든."

할리가 투덜거렸다.

데이비드는 차창 밖으로 빠르게 지나가는 도로를 넋이 나간 듯 바라보았다. 아이들은 도시로부터 떠밀려 나가고 있었다. 번쩍이는 가로등 불빛 아래 낯설고 음산한 도로가 교외 쪽으로 뻗어 나갔다. 인공적인 가로등 불빛에 길가의 가로수들마저 인공적으로 보였고, 낯선 표지판들이 순진한 운전자들을 속여 넘기려는 듯 서 있었다. 차는 계속 달렸다.

---

4 ultraofficialata '초강력'이라는 뜻의 ultra와 '경찰관'이라는 뜻의 official을 합쳐 만든 말.

"윌즈덴 숲, 갈림길에서 이백 미터."

데이비드가 눈앞에 달려드는 커다란 표지판을 읽었다. 차는 갈림길로 접어들려는지 차선을 바꾸었다.

"윌즈덴 숲? 그냥 나무 숲 말하는 건가?"

할리가 소리쳤다. 데이비드가 앞으로 벌어질 일을 추측해 보려 열심히 머리를 굴리다가 입을 열었다.

"정부에서 나무를 빨리 자라게 하는 유전자 변이 프로젝트를 시작했어. 처음에는 산림청에서 운영하다가, 지금은 정부를 대신할 민간 업체를 두고 있어. 꽤 큰 다국적 기업이었던 것 같은데."

"누가 운영하든 상관없어. 그냥 집에 가고 싶어."

할리는 밤하늘에 대고 협상이라도 하는 것 같았다. 자동차에다 하는 말 같기도 했다.

"집에만 갈 수 있다면 앞으로 평생, 절대로 사고를 치지 않을 거야."

할리가 말하는 사이에 차는 고속도로를 빠져나가 양옆에 울타리가 쳐진 직진 도로로 접어들었다. 어둠 속에 나타난 산길은 별이 쏟아질 듯한 하늘을 향해 솟아 있었다. 윌즈덴 숲이 아이들에게 달려들었다. 마치 동화 속에 등장하는 아주 오래된 숲 같았다. 사실 윌즈덴 숲의 나무들은 심은 지 겨우 25년밖에 되지 않았는데도 말이다.

빠른 속도로 달리는 차에 타고 있어서인지 데이비드는 숲이 자기들을 산 채로 집어삼키려고 달려드는 것처럼 느껴졌다.

월즈덴 숲 입구에는 소나무가 발레단처럼 가지런히 줄지어 서 있었다. 소나무들은 모두 아래쪽 가지가 쳐져 있어, 삐죽삐죽한 초록색 발레복을 입고 한쪽 다리로 서 있는 것처럼 보였다. 몇 구역에 표지판이 세워져 있었다. 스쳐 지나가며 언뜻 본 곳에는 '실험 구역 A 46'이라고 쓰여 있었다.

"토할 것 같아."

할리가 신음하듯 내뱉었다. 데이비드는 일부러 거칠게 보이려고 애쓰는 할리가 안쓰러웠다. 겉으로는 센

척하지만 할리는 사실 세상을 두려워했다. 그런 할리를 보며 데이비드는 자기가 얼마나 겁에 질려 있는지 돌아보았다. 할리의 두려움과는 조금 다르기는 했지만 말이다. 데이비드는 일상적으로 쉽게 놀라는 편이었고, 주위 사람들도 그걸 다 알고 있었다. 할리는 그런 데이비드를 놀리곤 했다.

자동차는 쉬지 않고 달렸다! 직진 도로를 3킬로미터쯤 계속해서 달려갔다. 이따금씩 나무들 사이로 언덕들의 윤곽이 보이더니 점점 가까워졌다. 마침내 어둠 속에서 거대한 언덕의 한 자락이 드러났다. 도로는 그 언덕을 끼고 굽이굽이 뒤틀려 있었다. 달려오던 속도 그대로 커브 길을 돌고 있으려니 숲이 온통 할리와 데이비드를 향해 기울어지는 것 같았다.

오르막길을 끝까지 달려 올라가자 아래로 환하게 불이 켜진 건물 단지가 내려다보였다. 자로 그린 듯 반듯한 도로와 낮은 건물들 사이에 실린더 모양의 은빛 건물이 우뚝 솟아 있었다. 단지의 주위에는 철망과 쇠

파이프로 높은 울타리가 쳐져 있고, 정면에 보이는 진입로는 거대한 출입문이 가로막고 있었다.

출입문에는 '윌즈덴 실험 기지'라고 쓰여 있었다. 순간 데이비드는 자동차가 달리는 것이 아니라, 그 단어들이 차를 향해 돌진해 오는 것 같은 느낌이 들었다.

"부딪히겠어!"

할리가 두 팔로 머리를 감싸고 옆으로 몸을 비틀며 소리를 질렀다.

바로 그때, 마치 동화의 한 장면처럼 문이 활짝 열렸다. 아이들이 탄 차는 똑같은 속도로 단지 안으로 진입했다. 자동차는 좌회전과 우회전을 반복하며 인기척 하나 없는 건물들을 뒤로하고 달렸다.

"별일 없을 거야. 이 차는 제자리로 돌아가도록 설계되어 있나 봐. 차 주인에게로 말이야. 문제에 좀 휘말리기야 하겠지만, 그뿐이야. 별거 아닐 거라고……."

데이비드는 말을 멈추었다. 할리를 안심시키려고 꺼낸 이야기가 자기에게도 퍽 위안이 되었다. 몇 초 전까지만 해도 죽는구나 싶었는데 말이다. 곤경에 처하는 것쯤이야 죽는 것에 비하면 아무것도 아니었다.

자동차는 속도를 조금 늦추고 오른쪽으로 방향을 틀었다. 눈앞에 또 다른 철조망이 나타났다. 단지의 중심부로 보이는 이곳에 또 하나의 낮은 울타리가 거대한 은색 실린더 모양의 건물을 감싸고 있었다. 아까 본 그 건물이었다. 어둠 속에서 몇 줄기 가느다란 빛이 그 건물을 감싸고 있어 마치 뭉툭한 우주선처럼 보였다.

뭔가가 움직였다. 누군가 건물의 입구를 지키고 있었다. 차가 다가가자 불쑥 한 남자가 나타나더니 할리와 데이비드를 지켜보았다.

단지에 늘어선 기하학적인 건물만 보다가 살아 움직이는 사람을 발견하자 데이비드는 마음이 놓였다. 경찰이 나타나 호통을 치고, 부모님에게 전화를 걸어 나무란대도 좋았다. 모든 것들이 다시 제자리에 놓인, 어떻게 행동하면 좋을지 아는 세상으로 다시 돌아갈 수만 있다면 좋았다.

경비원이 버튼을 눌렀는지, 아니면 손잡이를 잡아당겼는지 출입문이 열렸다. 차가 천천히 스쳐 지나갈 때 데이비드는 이쪽을 바라보며 기대에 부푼 경비원의 달덩이 같은 얼굴을 보았다.

차는 멈추지 않았다. 앞에 나타난 또 다른 건물의 문이 벌써 위로 올라가며 열리고 있었다. 어두운 구멍 속으로 차가 미끄러지듯 들어갔다. 올라가 있던 문이 잠시 주춤하더니, 다시 내려와 뒤에서 굳게 닫혔다. 시동이 꺼지며 차체가 약간 앞으로 쏠리더니 드디어 멈춰 섰다.

#2
월즈덴 실험 기지

곧바로 불이 켜졌다. 자동차가 멈춘 곳은 흰색 차고였는데, 차고치고는 지나치게 깔끔하게 정돈되어 있었다. 어디선가 어렴풋이 음악 소리가 흘러나왔다. 다행히 노랫소리는 아니어서 데이비드는 마음이 놓였다.

데이비드가 주위를 두리번거리고 있는데, 맞은편 흰색 벽면에 까만 틈이 벌어졌다. 하나도 아닌 두 개의 문이 한꺼번에 열렸다. 흰 벽에 난 두 개의 검은 공간은 서로 팽팽하게 대치하고 있었다.

'여기를 지나가!' 두 개의 문은 그렇게 명령하는 것

같았다.

할리가 운전석 문을 열어젖히자, 음악 소리가 아우성치며 쏟아져 들어와 밧줄처럼 할리와 데이비드의 몸을 칭칭 감았다.

"난 안 내릴래."

데이비드의 말에 할리는 차 문을 닫았다. 하지만 이미 차 안을 메운 음악 소리를 내보낼 수는 없었다.

"좀 내리자! 뭐가 무서워서 그래?"

"전자 귀신……. 보안 시스템이 작동해서 우리를 흔적도 없이 날려 버리면 어떡해?"

"여기는 숲을 연구하는 곳이라며. 그냥 나무잖아. 설마 우리가 나무를 해치러 왔다고 생각하겠어? 분명히 야단 좀 친 다음에 우리를 고속도로로 데려다 줄 거야. 내기할래?"

데이비드는 할리의 태평한 태도에 새삼 놀랐다.

"할리, 상식적으로 생각해 봐. 이 차만 해도 그래. 이건 그냥 택시가 아니잖아. 여기도 그렇고 모든 게

다 수상하다고. 작전을 좀 짜 보자. 그럼 아마……."

데이비드는 말꼬리를 흐렸다. 둘은 자동차 좌석에 기댄 채 앞에 보이는 두 개의 검은 출입구를 바라보며 생각에 잠겼다. 멍하니 앞을 바라보고 있는데, 왼쪽 입구에서 한 사람의 모습이 나타났다.

하지만 다시 보니 사람은 없고 출입구는 여전히 어둡고 텅 빈 상태였다. 다음 순간, 또다시 누군가가 나타나 할리와 데이비드를 돌아보았다. 그림자가 지기는 했지만 할리와 데이비드는 눈앞에 서 있는 사람의 모습을 꽤 자세히 볼 수 있었다.

할리와 데이비드보다 한두 살 많은 열여섯, 열일곱 살쯤 되어 보이는 여자애였다. 무릎까지 오는 너덜너덜한 가죽 재킷을 입었는데, 보물이 잔뜩 들기라도 한 듯 주머니가 불룩했다. 밝은 빨강으로 염색한 머리카락은 두피가 보일 정도로 짧았다. 커다란 메탈 선글라스에 가려 이목구비는 거의 보이지 않았지만, 오른쪽 귀에 한 귀걸이 세 개와 왼쪽 코에 달린 피어스는 보였다. 아무리 봐도 수목 연구소와 관계가 있어 보이는 인물은 아니었다.

할리와 데이비드는 여자애를 뚫어지게 쳐다보았다. 여자애 역시 아이들을 빤히 쳐다보았다. 그러더니 조금 전 나타났던 것처럼 재빨리 뒷걸음질쳐 사라졌다. 몸을 움직이는 기척이 전혀 없었는데, 어떻게 된 일인지 여자애는 사라지고 없었다.

"저기, 잠깐만!"

할리가 소리쳤다. 갑자기 나타난 여자애가 할리의 마음을 조금은 가볍게 해 준 것 같았다. 할리도 이제는 평정심을 되찾으려 애쓰고 있었다.

"좋아. 내려서 저 음악에 한번 맞서 보자고."

할리의 뜻에 따르기로 마음먹은 듯 데이비드가 말했다.

"무슨 음악? 모차르트?"

"하하! 어차피 문제는 생기게 돼 있잖아? 우리는 이 차를 훔쳤으니까."

"차가 우리를 훔쳤지! 열쇠를 꽂아 놓은 차를 놔두는 건 제발 좀 가져가 달라는 거나 마찬가지라고."

할리의 주장은 진지하다 못해 경건하게까지 들렸다. 데이비드는 할리의 말에 신경이 쓰였다. 맞는 말이었다. 그 차는 제발 좀 훔쳐 가서 안 좋은 일에 써 달라고 사정하는 듯했으니 말이다.

그때 누군가 차창을 두드렸다. 노크 소리는 바로 귀 옆에서 두드리는 것처럼 가까이 들렸다. 할리의 입에서 나지막한 외마디 소리가 흘러나왔다. 데이비드도 놀라서 말문이 막히지만 않았다면 할리처럼 비명을 질렀을 것이다.

데이비드는 고개를 돌려 그 사람의 모습을 바라보았다. 건물 입구를 통과할 때 손을 흔들던 달덩이 같은 얼굴의 경비원이었다. 어느 틈에 어디로 들어온 것인지, 데이비드와 할리를 웃음 띤 얼굴로 바라보고 있었다.

할리와 데이비드는 허둥지둥 차 문을 열고 뛰쳐나
왔다. 혹시 모를 상황에 대비해 몸을 구부리며 방어
자세를 취했으나 경비원의 태도는 아주 살가웠다. 처
음 문을 열었을 때보다는 조용해졌지만 공기 중에는
여전히 녹음된 음악 소리가 떠돌고 있었다. 한 귀로
음악을 들으며 데이비드는 그것이 클래식 음악 종류
라는 걸 알 수 있었다.

"잘 달려 줬어!"

남자가 자동차를 사랑스럽다는 듯 쓰다듬더니 말
했다.

"드디어 만나게 되다니 반갑구나. 너희가 오는 걸 지
켜보고 있었단다. 난 윈스터 피너란다. 사람들은 위니
피너라고 부르지. 그래, 백만 불짜리 드라이빙은 즐거
웠니?"

'굉장했어요.'라고 데이비드는 대답하고 싶었지만, 말
은 입안에서만 맴돌 뿐 소리가 되어 나오지는 못했다.

"죽여줬어요!"

할리는 아무렇지 않은 척 거친 말투로 대답했다. 위니 피니는 차의 찌그러진 옆구리를 다시 한 번 쓰다듬으며 자부심이 담긴 목소리로 말했다.

"이 차에 주행 노선을 기억시키려고 직접 운전을 해 봤지. 그다음에 무선 전파 탐지 유도 장치를 설치하고 주파수를 맞췄단다. 전파 탐지기라고 하는데, 아주 작아서 사람들은 그런 게 붙어 있는지도 몰라. 범퍼와 거리 감지 센서에 일본의 최신 기술을 사용한 건 두 말하면 잔소리고, 고속 주행 중이라도 손가락만 대면 반응하게 되어 있어. 이런 과학 기술로 너희를 현혹시켜서는 안 되겠지. 이제부터 너희 문제아들을 올바른 길로 이끌어 볼까? 자, 이쪽으로!"

데이비드와 할리는 위니 피니를 따라 오른쪽 문으로 들어서며 마주 보고 피식 웃었다. 둘에 대한 대우가 걱정했던 것만큼 험악하지는 않았던 것이다.

문으로 들어서자 기다리고 있었다는 듯 거대한 조

각상이 아이들을 맞아 주었다. 두근거리던 심장이 철렁 내려앉아, 데이비드의 입에서 겁에 질린 듯한 소리가 흘러나왔다.

"진정해. 그냥 공 던지는 동상이잖아."

할리가 말했다.

"지구를 들고 있는 아틀라스."

위니 피니는 그렇게 말하며 아이들을 돌아보았다.

"서둘러라! 감상은 나중에 해도 늦지 않아."

위니 피니가 앞장서서 엘리베이터로 들어가 버튼을 눌렀다. 데이비드는 위니 피니가 어떤 버튼을 누르는지 가만히 지켜보았다. 몇 층으로 데리고 가는지 알아낼 생각이었다. 하지만 엘리베이터 버튼에는 아무런 숫자도 쓰여 있지 않았고, 얼마나 빠른 속도로 얼마나 많은 층을 내려가고 있는지도 알 수 없었다. 데이비드가 알 수 있는 건 그저 아주 빠르게 아래로 내려가고 있다는 것뿐이었다.

"아직 멀었나요?"

데이비드가 물었다.

"그래. 여기는 보기보다 엄청나게 심오한 곳이란다."

엘리베이터가 멈추고 문이 열렸다. 하얀 복도가 양 옆으로 완만한 곡선을 그리며 뻗어 있었다.

"너희가 바로 집에 가기는 어려울 것 같구나. 그래 도 걱정 마라. 차 한잔 하면서 쉴 수 있는 곳으로 데려 다 줄 테니."

"엄마한테 전화해도 될까요?"

데이비드가 물었다. 집에서 기다리고 있을 엄마가 생 각났다. 커피를 마시며 걱정하지 않으려 애써 보지만, 시간이 지날수록 점점 더 불안해질 엄마의 모습이.

"여기는 아주 중요한 사람들만 갈 수 있는 곳이란다."

위니 피니는 데이비드의 어깨를 토닥이며 느긋한 목소리로 말을 이어나갈 뿐, 데이비드의 물음에는 정 작 답을 해 주지 않았다.

"너희는 지금 연예인이나 마찬가지지."

위니 피니가 주머니에 손을 집어넣더니 총처럼 보이

는 물건을 꺼냈다. 방아쇠를 당기자 총성 대신 잠금장치 풀리는 소리가 들렸다. 이번에는 다른 문이 열렸다.

"자, 들어가!"

위니 피니가 할리와 데이비드의 등을 떠밀며, 혹시 달아날 경우에 대비해 양 팔을 벌리고 지켜 섰다.

"다그쳐서 미안하구나. 시간 안에 문이 닫히지 않으면 경보가 울리게 돼 있거든. 보안상 말이지."

그 한마디면 모든 게 설명된다는 듯 위니 피니가 덧붙였다.

조명이 환하게 켜진 좁다란 통로를 지나자 두 번째 복도로 접어들었다. 조금 전 지나온 곳보다 좀 더 좁고 구불구불한, 담청색으로 칠해진 복도였다. 오른쪽에서 대여섯 명쯤 되는 사람들이 이쪽으로 다가오고 있었다. 파란 작업복과 재킷을 걸친 남녀 한 쌍이 맨앞에 있고, 그 뒤에는 우아하게 차려입은 세 사람이 따랐다. 한 사람은 불빛이 깜박거리는 전동 휠체어를 밀고 있었다. 휠체어에는 앙상한 노인이 산소마스크 같은 걸 쓰고 앉아 있었다. 이런 곳에서 마주칠 거라고는 예상하지 못한 광경이었다. 위니 피니도 놀란 것 같았다.

"물러서시오! 이쪽 먼저 지나갑시다."

위니 피니가 잽싸게 팔을 내저으며 말했다. 나직하지만 엄한 목소리였다. 위니 일행이 지나쳐 갈 때 파란 작업복을 입은 여자가 하는 말이 들렸다.

"편안하게 모시도록 최선을 다하겠습니다. 이(Yee) 회장님."

그러자 세 사람 중 한 명이 데이비드가 모르는 낯선 언어로 대답했다. 여자가 하는 말을 휠체어에 앉아 있는 남자가 알아들을 수 있도록 큰 소리로 통역해 주는 것 같았다. 위니 피니와 아이들이 지나가는 동안 그 사람들은 눈길 한 번 돌리지 않았다.

"우리는 사고를 당해 고통을 겪고 있는 사람들을 위해 다양한 보조기구를 개발하고 있단다. 그 사람들은 우리와 달리 거동이 자유롭지 못하거든. 자, 이쪽으로. 그나저나 너희 둘 다 차림새가 영 볼썽사납구나. 하지만 걱정 말렴. 패브리스 박사님을 뵙기 전에 매무새를 가다듬을 시간이 있을 테니까."

"누구 박사라고요?"

할리가 물었다.

"닥터 후[5]는 아니란다."

위니 피니는 할리가 재미있는 농담이라도 던졌다는 듯 싱글거리며 말했다.

"패브리스 박사! 재능이 출중한 분이란다. 학계에서도 높이 평가받고 있지."

"저흰 그냥 집에 가고 싶다니까요. 엄마한테 전화도 걸고 싶고요."

데이비드가 최대한 공손하게 말했다.

위니 피니는 말없이 리모컨을 문에 대고 누를 뿐이었다. 문이 열렸다. 위니 피니는 한쪽으로 비켜서서 들

---

5 닥터 후(Doctor Who) 영국의 BBC방송에서 제작·방영된 SF 드라마 시리즈.

어가라는 손짓을 했다.

"여기서 잠시 기다리고 있어라. 곧 다른 사람을 보내 주마. 몇 가지 검사를 받고 서류도 작성해야 할 거다. 보안상 말이야!"

"우린 위험인물이 아니에요."

할리가 재빨리 대꾸했다.

"호오, 하지만 미덥지도 않은걸? 그랬다면 너흰 여기에 있지도 않았겠지."

"죄송해요. 그건 정말 실수였어요. 저희를 그냥 집에 보내 주시면……."

"이런 기관을 운영하는 게 어려운 건, 보안에 특별히 신경을 써야 하기 때문이야."

데이비드의 말을 끊으며 위니 피니가 웃는 얼굴로 말했다.

"패브리스 박사가 곧 올 게다."

문이 찰칵 닫히는 순간, 위니 피니는 유쾌한 표정으로 눈을 찡긋해 보였다. 음악소리는 희미해졌지만 완전히 사라지지는 않았다. 음악 소리는 데이비드의 귓속에서 길 잃은 벌레의 울음소리처럼 맴돌았다.

이제 할리와 데이비드만이 담청색 방에 남았다. 세 개나 되는 파란색 문은 굳게 닫혀 있었다. 낮은 유리 탁자 주위에 파란 천으로 된 의자 네 개가 일정한 간격으로 놓여 있었고, 탁자 위에는 여러 외국어로 된 잡지들이 깔려 있었다.

한쪽 구석에 세워진 텔레비전은 드라마나 만화영화 같은 걸 보는 용도라기에는 너무 크고 둔중해 보였다. 반대편에는 정수기가 설치된 의자가 놓여 있었다. 종이컵이 달린 커피머신도 있었다. 데이비드는 불현듯 몹시 갈증을 느꼈다. 데이비드가 물을 마시는 동안, 할리는 이 문 저 문을 살펴보고 있었다.

"손잡이가 하나도 없다니. 밖으로 나갈 수가 없잖아."

할리가 믿을 수 없다는 듯 말했다.

"너희가 마음대로 돌아다니게 내버려 둘 줄 알았니?"

여자애의 목소리가 들렸다. 고개를 돌리니 주차장에서 보았던 그 여자애가 서 있었다. 이런 곳에서 장담할 수 있는 게 거의 없기는 하지만, 처음 방에 들어왔을 때는 그 애가 없었다는 사실은 분명했다.

"어떻게 들어왔어?"

"너희를 기다렸지. 이리로 올 줄 알았거든."

할리의 물음에 여자애가 답했다.

"아니, 이 방에 '어떻게' 들어왔느냐고."

"아, 난 마음대로 드나들 수 있어."

여자애가 심드렁하게 대답했다.

여자애는 아까처럼 커다란 검은색 선글라스를 끼고, 추운지 긴 검은색 재킷을 껴입고 있었다. 데이비드는 이상하다는 생각이 들었다. 이곳은 아주 따뜻한

편인데, 여자애는 몸을 떨고 있는 것 같았다. 여자애의 다리는 끈 달린 검은색 닥터 마틴 부츠에 가려 보이지 않았다.

"말 좀 해 봐. 어떻게 나가지? 그러니까, 나가야 한다면 말이야."

할리의 말에 여자애가 미소를 지었다. 이빨은 새하얗고, 여우처럼 끝이 뾰족했다.

"어떻게 들어왔어?"

여자애가 아까 할리가 했던 말을 따라했다. 하지만 나쁘게 들리지는 않았다.

"차를 타고 들어왔어. 우리 차는 아니고."

"아, 그 차!"

할리의 말에 여자애는 고개를 끄덕이며 재킷 주머니에서 풍선껌을 꺼냈다.

"차를 빌리려고 했는데…… 음, 차가 우리를 빌렸어."

데이비드는 풍선껌을 터뜨리는 여자애를 바라보며 말했다. 손에 까만 가죽으로 된 반장갑을 끼고 있었다. 여자애는 껌을 권하지는 않았다.

"과학 기술이란 참 놀랍잖아."

여자애가 말했다. 물어보려는 뜻은 아닌 것 같았다.

"네 뒤에 있는 문은 안 잠긴 거야? 거기가 나가는 길이야?"

할리가 물었다.

"결국은 그런 셈이지."

여자애가 말했다. 무심한 목소리였지만, 여자애의 표현에는 좀 이상한 데가 있었다. 여자애가 입을 열고 무슨 말인가를 하려고 했지만, 아무 말도 나오지 않았다.

"나, 나, 나, 나……."

여자애는 더듬거리더니 말을 멈추었다.

"너희한테 말해 줄 수 없는 것 같군."

마침내 여자애는 그렇게 내뱉고는 눈을 빠르게 깜박이더니 이번에는 쉽게 말했다.

"너희가 알아내야 해."

"여기서 일해?"

할리의 물음에 데이비드는 여자애를 훑어보며 갸웃거렸다. 대체 이런 첨단 시설에서 이런 펑키한 옷차림의 여자애가 무슨 일을 하는지 짐작도 가지 않았다.

"그래, 지금 하는 중이야. 이번 임무가 끝나면 옮길 거야."

"네 임무가 뭔데?"

데이비드가 물었으나, 할리가 말을 자르고 끼어들었다.

"왜 우리한테 말해 줄 수 없는데? 일급비밀이라도 돼?"

"그럴 수가 없다니까. 그런 규칙이 있어. 난 지금 모든 룰을 어겨 가면서 여기 있는 거라고. 자연의 법칙 말이야."

"네가 대답할 수 있는 게 있긴 해?"

데이비드가 물었다.

"그래, 제대로 된 질문이라면 말이지. 어쨌거나 너희는 이미 반쯤 와 있어. 내가 대답을 하든 안 하든."

"그냥 여기 앉아서 기다리고만 있으라고?"

할리가 툴툴거렸다.

"심심해?"

여자애가 물었다.

"아니. 지금 그게 문제가 아니잖아."

"심심하다면 스스로 뭔가를 찾아봐야 해."

여자애는 고개를 조금 돌렸다. 그러자 여자애의 검은 선글라스가 구석에 놓인 텔레비전을 가리키는 것처럼 보였다.

"연속극이라도 보는 게 어때?"

여자애의 목소리는 발랄하고 즐거워 보였다. 마치 수수께끼를 내고 있는 것 같았다.

"아무것도 안 하는 것보단 낫지!"

데이비드는 텔레비전 쪽으로 가서 힐끗 여자애를 돌아보았다. 여자애가 고개를 끄덕였다. 데이비드는 용기를 얻어 전원 버튼을 눌렀다. 화면이 살아났다.

화면에 나타난 영상은 풀컬러는 아니었지만 흑백도 아니었다. 어두운 부분과 더 어두운 부분이 푸른색

음영으로 나타나 있었다.

지금 보고 있는 건 아무도 없는 휘어진 복도였는데, 할리와 데이비드가 십여 분 전에 걸어온 그 길인 것 같았다. 기대하며 화면을 바라보았지만 복도는 계속 텅 비어 있었다. 어떤 문도 열리지 않았고, 아무 일도 일어나지 않았다.

"따~분해! 채널 바꾸자."

여자애가 노래하듯 말했다.

"어떻게?"

그렇게 물었을 때 데이비드의 눈에 텔레비전 위에 놓인 리모컨이 들어왔다. 데이비드는 리모컨을 집어 들어 하나뿐인 버튼을 꾹 눌렀다.

복도 장면이 사라지고 곧바로 다른 영상이 화면 가득 나타났다. 어디선가 많이 본 듯한 장면이었다. 푸른 옷과 흰 옷을 입은 사람 십여 명이 각종 장비로 가득한 방에서 분주히 움직이고 있었다. 그 장비들의 모니터에 나타난 물결무늬와 깜박거리는 신호를 바라보며 데이비드는 생각에 잠겼다.

"병원 같은데? 무슨 수술실 같아."

할리가 말했다.

"나무 병원인지도 모르지. 어떻게 생각해?"

여자애가 말했다.

"똑똑한 네가 좀 알려 주지 그래?"

할리가 대꾸했다. 할리와 데이비드는 여자애와 TV 화면을 번갈아가며 쳐다보았다. 여자애가 미간을 찌푸리며 입을 열었지만, 다시금 목소리가 잠겼는지 아무 말도 하지 않았다.

"너희가 직접 알아내 봐."

여자애는 한발 물러나 어깨를 으쓱하더니 그렇게 말했다.

"너희의 장례식 장면이야. 한잔하면서 진정하라고."

여자애는 마치 재미있는 농담이라도 되는 듯 웃음을 터뜨렸다.

데이비드는 한 번 더 리모컨을 눌렀다. 보고 있던

화면이 사라지고 또 다른 영상이 나타났다. 보고 있는 게 무엇인지 잘은 모르겠지만 아주 낯이 익다는 생각이 들었다. 두 사람이 텔레비전 화면을 바라보며 서 있었는데, 그 뒷모습이 몹시 익숙했다. 어디서 본 듯한 의자들이며 잡지가 깔린 탁자. 데이비드는 옆 탁자에 놓여 있던 잡지가 생각나 휙 돌아보았다. 그때 할리가 소리쳤다.

"저거 너야!"

데이비드는 얼른 뒤돌아 화면을 보았다. 데이비드가 고개를 돌리자 화면 속 인물도 뒤를 돌았다. 그래서 데이비드는 화면 속의 자기와 눈을 마주치지는 않았다. 아니 마주칠 수 없었다.

"우리 맞지?"

할리가 낮은 목소리로 내뱉으며 몸을 떨었다. 데이비드 역시 몸이 떨려 왔다.

"어딘가 감시 카메라가 있나 봐."

데이비드는 그렇게 말하며 천장을 쳐다보았다.

"저거다!"

데이비드가 천장 구석을 가리켰다.

"눈알처럼 생긴 저 동그랗고 까만 거. 우릴 감시하고 있어."

"여기서는 그걸 모니터링이라고 하지."

여자애가 끼어들었다.

"말하자면 너희를 돌보는 거지. 앞으로도 쭉 그럴 거야. 너희가 그들보다 더 조심하지 않는 한……. 조심하렴. 사람들이 어떤 호의를 베풀더라도."

여자애는 이번에도 힘겨워했다. 마지막 말은 꼭 화가 난 것처럼 들렸다. 하고 싶은 말이 있는데 목에 걸려서 다른 말로 대신할 수밖에 없다는 듯이.

데이비드는 다시 리모컨 버튼을 눌렀다. 이번에는 사방이 타일 벽인 커다란 방이 나타났다. 스테인리스 싱크대와 냉장고가 두 벽면을 차지하고 있었고, 가운데에는 스테인리스 침대가 두 개 놓여 있었다. 아까 수술실에 있었던 것과 같은 값비싼 장비들은 보이지 않았다. 또 다른 벽은 일부만 보였는데, 굳게 닫힌 철제 서랍이 줄지어 놓여 있고, 한쪽 구석에는 플라스틱 가림막이 쳐져 있었다. 데이비드는 그런 장면을 어디선가 본 것 같은 느낌이 들었다. 그러나 기억을 되살려 내기 전에 화면은 눈발이 휘날리는 장면으로 바뀌었다.

"잠깐만, 그 방 좀 다시 보자."

할리가 말했다.

"저절로 꺼졌어."

데이비드는 버튼을 계속 눌러 보았다.

"입력 오류입니다. 패브리케이트[6] 박사님과 연결합니다."

여자애가 이상하고 음산한 목소리로 킬킬거렸다.

이제까지와 다른 풀컬러 화면이 나타났다. 말쑥한 차림의 남자가 정돈된 책상에 앉아 있는 사무실 모습

---

6 fabricate '조작하다', '날조하다'라는 뜻으로 패브리스 박사를 가리킴.

이 비쳤다.

"안녕."

남자의 억양이 귀에 설었다. 그게 어느 지역의 말투인지 데이비드는 알 수 없었다.

"난 패브리스 박사란다. 나를 만나게 될 거란 얘기를 들었겠지. 내가 하는 말을 잘 들어 주길 바란다. 너희가 앞으로 해야 할 일을 알려줄 테니까."

패브리스 박사는 과학자다운 냉정한 시선으로 아이들을 바라보았다.

"지금 상황에 많이 놀랐겠지만, 별로 걱정할 것은 없단다. 조금 뒤에 텔레비전 왼쪽의 문이 열리면 그 안으로 들어가거라. 샤워실에 깨끗한 옷이 놓여 있을 거야. 샤워를 마친 뒤에 그 유니폼을 입으렴. 여기서는 모든 게 청결해야 하니까."

"유니폼 같은 건 입지 않을 거야."

할리가 우물거렸다.

"규정을 따르지 않는다면 강제로 하는 수밖에."

패브리스 박사는 동요하지 않고 무미건조한 목소리로 말을 이었다.

"살균 과정을 마친 뒤에는 면담을 하고, 적절한 등급을 받게 될 거다. 너희가 선택해서 이곳에 왔다는 걸 기억하고, 협조하길 바란다. 협조하는 게 너희한테도 좋을 거야."

화면이 저절로 꺼지고, 유혹하듯이 문 하나가 열렸다.

"들어가 봐야겠어."

데이비드가 말하며 여자애를 돌아보았다. 그리고 다시 한 번, 뭔가 중요한 걸 놓친 듯한 이상한 느낌에 사로잡혔다.

"텔레비전 화면에 우리 모습이 나왔을 때……."

데이비드가 머뭇거리자, 여자애는 데이비드를 보며 눈썹을 치켜세웠다.

"어디 있었어? 넌 우리 옆에 있었는데도 감시 카메라에 비치지 않았잖아."

데이비드가 여자애에게 물었다.

"음 그건 말야, 난 이곳을 아주 잘 알고 있거든. 감시 카메라의 사각지대가 어딘지. 그런 게 아니면 나한테 눈에 안 보이게 하는 능력이라도 있는 거겠지."

여자애가 대답하며 혼자 소리 내어 웃었다.

"이름이 뭐야?"

문으로 들어서던 데이비드가 여자애를 돌아보며 물었다.

"퀸타! 너희는?"

여자애가 말했다. 데이비드가 미처 대답하기도 전에 문이 스르륵 닫혔다. 돌아갈 길은 없었다.

#3
패브리스 박사

'퀸타라고!'

데이비드는 기억을 떠올렸다.

퀸타는 어디로 갔나?

포브스 거리에서 본 담벼락에 그렇게 쓰여 있었다.

"할리……"

데이비드는 할리에게 말하려다가 입을 다물었다. 할리와 데이비드는 네 개의 샤워실 앞에 섰다. 마치 억지로 끌려와서 물에 빠지게 된 양 같았다. 아이들은 감시 카메라에 책임감 있고 성숙한 사람처럼 보이려고 옷을 벗은 뒤 가지런히 개어 놓았다. 집에서는 둘 다 하지 않았던 행동이었다. 이들은 발가벗은 채 각각 독립된 샤워실로 들어갔다.

들어가자마자 샤워실 문이 닫혔다. 찰칵 소리와 함께 갇히는 일이 더는 놀랍지 않았다. 샤워기에서 소독약 냄새가 나는 따뜻한 물이 쏟아졌다. 어찌나 세차게 쏟아지던지 마치 바늘로 몸을 콕콕 찌르는 것 같았다. 물이 멎자 평범한 벽처럼 보이던 뒷벽이 미끄러지듯 옆으로 열렸다. 할리와 데이비드는 흠뻑 젖은 몸을 떨면서 문이 열린 곳으로 들어갔다. 파란색과 흰색 타일이 깔린, 창문 하나 없는 조그만 방이었다.

천장의 스프링클러에서 칙 소리가 나더니 따뜻한 녹색 수증기가 분사됐다. 방에서는 또 다른 소독약 냄새가 났다.

"우리를 살균하고 있잖아! 대체 뭐하는 거지?"

할리가 흥분한 목소리로 외쳤다.

"소독할 거라고 했잖아. 패브리스 박사가."

데이비드가 대답했다. 데이비드의 목소리는 침착했지만, 머릿속에서는 온갖 생각들이 빠르게 스쳐 갔다. 데이비드는 퀸타를 생각하고 있었다. 퀸타는 분명 포브스 거리에서 사라졌을 것이다. 그 애의 이름이 거기 쓰여 있었다. '퀸타는 어디에?' 라고 계속해서 묻고 있었다. 그 애도 우리처럼 그 차를 탔던 것일까? 대체 여기에 얼마나 있었던 걸까?

위잉 하는 소리가 나더니 문이 열렸다. 또 다른 푸른색 방이었다. 데이비드는 천장 모서리를 힐끗 쳐다보았다. 그럼 그렇지. 감시 카메라의 까맣고 동그란 눈알이 보였다. 누군가 아이들을 지켜보고 있다. 모니터링하고 있는 것이다. 파란 옷과 수건이 철제 의자 위에 놓여 있었다.

"옷이다!"

할리가 흥분된 목소리로 말했다.

"가운이야. 병원 가운. 파란색이네. 적어도 분홍색은 아냐."

"나 이런 거 안 입어! 엉덩이 부분이 트여 있을 거야."

할리가 말했다.

"아냐. 난 그냥 빨리 입고 끝낼래."

데이비드가 힘없이 말했다. 가운을 입으니 약간 바보 같아 보이고 무방비 상태가 되겠지만 어쩔 수 없었다. 방 끝에 있던 문이 때맞춰 열렸다. 그곳에 들어서자 데이비드와 할리는 이곳이 아까 텔레비전에서 보았던 그 질서 정연한 사무실이라는 걸 깨달았다.

책상에 앉은 패브리스 박사가 즐거운 듯이 아이들의 얼굴을 바라보았다.

"그래. 너희는 차를 훔쳤고, 여기에 와 있다."

박사가 부드럽게 말했다.

"훔치려던 건 아니었어요."

할리가 우물거렸다.

"그럼 잠깐 빌리려고 했다고? 유감이지만, 우리가 어떻게 해 줄 수는 없단다. 시간이 좀 걸릴 거야. 어쨌거나 너희는 사적인 시설에 무단 침입을 한 거지."

"월즈덴 숲은 정부가 운영하는 거 아닌가요?"

할리가 대꾸했다.

"사적이라는 말은, 초대받은 사람들만 들어올 수 있다는 뜻이란다. 여기서 진행하는 일은 보안을 지켜야 하니까. 경쟁 기업들이 있잖니."

"엄마에게 전화해도 될까요? 무사하다고 전하기만 할게요."

데이비드가 물었다.

"당연히 안 되지."

박사가 나지막이 대답했다.

"지금쯤 저희 엄마는 제정신이 아닐 거예요."

데이비드가 애원했다.

"그럼 차에 타기 전에 엄마 생각을 먼저 했어야지."

패브리스 박사는 귀찮다는 듯 말했다.

"그래도 다행인 줄 알아라. 고소할 생각은 없단다. 하지만 당분간 너희를 감시해야겠다. 너희가 어떤 문제들을 달고 왔는지 모르니까. 어쩌면 좀 오염되었을

지도 모르지만 우리는 너희를 최대한 세심하게 돌봐 줄 거야. 그러려면 먼저 검사를 해 봐야 한단다. 나중에 추가 작업을 하지 않으려면."

"오염요? 우리가 바이러스에 감염되었을 수도 있다는 건가요? 심각한 거예요?"

할리가 화들짝 놀라서 물었다.

"아니길 바라자꾸나. 어쨌거나 가능성은 있다는 건데, 순식간에 뚝딱 적절한 치료를 해 줄 테니 걱정 마라. 그 전에 너희에게 물어보고 싶은 것들이 있단다. 이름하고 생년월일부터 시작하자."

데이비드와 할리는 묻는 질문에 대답하기 시작했다. 과거에 어떤 질병을 앓았나? 알레르기가 있는가? 어떤 약을 복용하고 있는가? 마약을 한 적이 있는가? 인슐린이나 스테로이드 제제는? 술을 마신 적이 있나? 심장병을 앓았던 적은? 심장에 주사제를 투여한 적이 있는가? 가족력, 즉 유전 가능성이 있는 병을 앓았던 가족이 있는가? 신경성 질환은 없나? 신장 기능

부전, 간 기능 이상은?

질문이 계속되었다. 데이비드와 할리는 대답하고 또 대답했다. 어둑어둑해질 때까지 이어진 질문 공세로 둘은 파김치가 되어 의자에 축 늘어졌다. 마침내 조사를 끝낸 패브리스 박사가 벨을 눌렀다. 간호사복을 입은 젊은 흑인 여자가 작은 카트를 밀고 들어왔다. 간호사는 데이비드와 할리를 제대로 쳐다보지도 않았다. 마치 아이들은 거기 존재하지도 않는 것처럼.

"혈액 샘플이 하나씩 필요해. 아프지는 않을 거다."

"이런 걸 왜 하는 거죠?"

할리가 다시 물었다.

"다 너희를 위해서지."

박사는 같은 말을 되뇌었다.

"설명해 줘도 너희는 이해하지 못할 거야."

박사의 목소리는 부드럽고 차분했지만 언짢은 기색이 서려 있었다.

"우린 바보가 아니에요."

주사기 안으로 차오르는 자신의 피를 바라보며 데이비드가 말했다. 박사는 데이비드를 힐끗 쳐다보았다.

"아니라고? 그럼 너는 왜 여기 있지? 우린 너희를 초대한 적 없어."

"알아요. 그건 바보 같은 짓이었어요. 하지만 사람은 조금 빠르거나 늦을 뿐이지 누구나 바보 같은 짓을 할 때가 있다고요."

데이비드가 대꾸했다.

"재밌는 이론이군."

패브리스 박사가 차갑게 미소지었다.

"저기요!"

그 말에 데이비드는 싸움이라도 할 듯 발끈했다. 데이비드 옆에서 할리가 몸을 부들부들 떨더니 중얼거렸다.

"닥쳐, 가만있어 봐."

그러더니 목소리를 높였다.

"우리가 잘못했어요. 됐죠? 우리가 여기를 나갈게

요. 다신 귀찮게 하는 일 없을 거예요. 입도 뻥긋 안 할게요. 진짜로요!"

"아무렴, 난 너희를 믿는다."

박사가 싸늘한 말투로 입을 열었다.

"여기를 나가더라도 여기서 본 것에 대해 입도 뻥긋 않겠다는 말을 믿고말고. 너희같이 정직한 아이들은 분명히 약속을 잘 지킬 거야, 안 그래? 하지만 이곳의 바보 같은 규정 때문에 어쩔 수 없이 서명을 해야 한다. 너희가 사고를 당하더라도 입을 다물겠다는 법적 동의서지. 여긴 알다시피 연구 기관이고, 요즘은 국제적인 산업 스파이들이 판을 치는 시대라서. 그러니 이 서류에 서명하렴. 그래야 바깥에서 떠도는 루머에 우리가 법적인 대응을 할 수 있으니까."

"스파이라고요? 저흰 그냥 중학생인데요."

할리가 믿을 수 없다는 듯 물었다.

"네 또래 아이들은 정보 통신에 뛰어나잖니. 컴퓨터도 잘 다룰 수 있고 말이야. 이제 어서 서명해라. 우리

쪽 변호사가 서류를 검토하고 나면 아마 집에 돌아갈
수 있을 게다.”

“아마요?”

할리가 고함을 쳤다.

“얼마나 걸리는데요? 엄마한테 제발 전화 좀 걸게
해 주세요.”

데이비드가 사정했다. 박사는 할리가 읽어 보지도 않
고 분홍색 종이에 서명하는 모습을 지켜보며 대꾸했다.

“미안하지만 안 된다.”

이제 데이비드의 차례였다. 데이비드가 서명할 때,
할리가 하품하는 소리가 들렸다. 데이비드는 할리가
어떤 기분인지 알 것 같았다. 이들은 길고도 험한 여
정 끝에 드디어 풀려나게 되어, 적당히 피곤하고 졸음
이 몰려오기까지 하는 상태였다.

박사는 서류를 집어 들어 책상 한쪽에 놓인 서류함
에 넣었다.

“침대를 내줄 테니 오전 근무자가 올 때까지 자 두

렴. 그동안 야간 당직자가 너희 옷을 깨끗이 세탁해 놓을 거야."

박사는 다음 할 일이 무엇인지 확실히 알고 있는 것 같았다.

어쨌든 한 고비는 넘겼다. 잠이 들면 몇 시간은 순식간에 지나갈 테니까. 데이비드와 할리는 서로 마주 보고는 반신반의하며 어깨를 으쓱했다.

패브리스 박사는 앉아 있을 때는 풍채가 좋아 보였는데, 막상 일어서니 키가 작고 뚱뚱했다. 할리와 데이비드는 박사를 따라 복도로 나갔다. 다시 한 번 음악 소리와 마주쳤다. 그 음악은 마치 아이들을 공격하는 것 같았다. 처음에 엘리베이터를 타고 내려와 푸른색 복도로 접어들었을 때 흘러나오던 음악인 것 같았다. 데이비드는 그 음악을 듣는 순간 어떤 공포 영화가 떠올랐다. 후드 모자를 뒤집어 쓴 미치광이가 이상한 버섯들이 돋아난 것 같은 모양의 금관 악기를 들고 건반 앞에 앉아 있는 영화였다.

박사가 어떤 방 문을 열었다. 지금까지 본 방들과는 달리 온통 흰색이었다. 데이비드와 할리는 패브리스 박사를 따라 그 방으로 들어갔다. 하얀 침대 두 개가 너무나 부드럽고 깨끗해 보여 데이비드는 자기도 모르게 감탄했다. 지금까지 샤워, 소독 그리고 질의응답을 거치며 데이비드는 그 어느 때보다도 순수해진 느낌이었다. 살아오면서 몸과 마음에 내려앉았을 때가 모두 씻겨 나가고, 골치 아픈 책임들까지도 털어 버린 기분이었다. 데이비드는 힐끗힐끗 위쪽을 바라보며 방에 감시 카메라가 있는지 살폈다. 역시 있었다. 감시 카메라의 검은색 렌즈가 데이비드와 할리를 지켜보고 있었다. 하지만 그게 뭐 어쩌겠는가? 몇 시간 동안 보게 될 거라고는 무신경하게 잠이 든 아이들뿐인데.

그때 할리가 비명을 질렀다. 깜짝 놀란 데이비드가 할리를 돌아봤다. 할리가 방 왼쪽에 놓인 침대를 보며 입을 다물지 못하고 있었다. 조금 전까지 거기엔 아무것도 없었다. 분명히 빈 침대였다! 그런데 침대에 사람이 누워 있는 게 아닌가.

젊은 남자가 청결한 하얀 시트를 덮고 반듯이 누워 있는데, 잠이 든 것 같았다. 데이비드는 순간적으로 현기증 속에서 남자의 손에 끼워진 파란 레이스가 달린 손가락 반장갑을 보았다. 그런데 다시 보니 남자의 손은 장갑이 아니라 복잡한 문신으로 뒤덮여 있었다. 왼손이 오른손 위에 포개져 있었다. 양 팔뚝엔 꽃, 머리카락으로 몸을 반쯤 가린 벌거벗은 여자, 똬리를 튼 뱀이 얽히고설켜 있었다. 문신 사이로 드러나는 살갗은 노르스름했고, 마치 정화되고 있는 물처럼 투명해 보였다.

'이러다 아래에 깔린 시트까지도 투과되어 보일 것 같군.'

데이비드는 겁을 먹은 채 이런 생각을 했다. 순간적으로 눈앞의 방이 무너져 내리는 듯 보였고, 데이비드는 곧 기절할 것 같았다.

'안 돼! 쓰러지면!'

데이비드는 속으로 소리치며 패브리스 박사 쪽으로 몸을 틀었다. 아주 잠깐, 박사의 어깨에 올라 앉은 올빼미가 보였다. 선글라스를 쓴 여자애, 퀸타가 박사의 바로 뒤에서 데이비드를 바라보고 있는 모습이 보였다. 박사는 침대에 누워 있는 남자는 물론, 그림자처럼 따라 붙은 퀸타에 대해서도 전혀 의식하지 못하는 듯했다.

"피, 피야!"

할리가 다시 소리를 질렀다. 남자의 손가락 끝에서 새빨간 액체가 뿜어져 나와 새하얀 시트 가장자리의 파란 경계선으로 번져 나갔다.

"얼빠진 소리 그만하고 어서들 자라. 좀 자라고. 조식 시간에 깨우마."

패브리스 박사가 아이들을 짜증난다는 듯 쏘아보았다. 박사의 뒤에서 퀸타가 마치 줄 달린 꼭두각시 인형을 치켜든 것처럼 몸을 꼿꼿이 폈다.

"도망가! 당장! 다신 못 일어나. 조식 같은 건 없어.

숨어! 도망가서 숨으라고!"

박사에게 피 흘리는 젊은 남자는 보이지 않지만, 퀸타의 목소리는 들린 것 같았다. 불현듯 박사는 퀸타의 존재를 알아차렸는지 입을 벌리며 뒤를 돌았다. 퀸타는 전부터 잘 아는 사이였던 것처럼 미소를 지으며 박사를 바라보았다. 박사의 눈은 퀸타의 선글라스와 겨우 몇 센티미터밖에 떨어져 있지 않았다.

데이비드와 할리가 힘을 합쳐 박사를 밀치자 박사의 입에서 끔찍한 소리가 튀어나왔다. 그냥 겁먹은 비명이 아니라, 속에서 뇌가 비틀리기라도 하는 듯한 단말마의 비명이었다. 먼저 할리가, 뒤이어 데이비드가 허둥지둥 박사 옆을 지나 방을 빠져나왔다. 그러고는 죽을 힘을 다해 휘어진 복도를 달렸다. 어디로 가야 안전한지 알지도 못한 채, 마치 오랫동안 줄행랑치는 걸 연습해 온 것처럼 그렇게 달리고 또 달렸다.

끊임없이 이어지는 음악 소리 너머로 비명이 들려왔다.

누가 고양이를 괴롭히나?

겁에 질린 데이비드의 귀에는 그런 소리로 들렸다. 하지만 비명이라기엔 음의 높낮이가 규칙적이고, 간격도 일정했다. 비상경보 사이렌이었다. 데이비드가 어깨 너머로 돌아보자 패브리스 박사는 목이 바닥에 닿을 정도로 꺾인 채 푸른 복도를 기어 오고 있었다. 마치 목이 부러진 채 기어 다니는 장난감처럼. 그러더니 박사는 쓰러져 그대로 바닥에 축 퍼졌다. 데이비드는 박사가 설령 다시 일어나게 된다 해도, 결코 예전 모습으로 돌아갈 수는 없으리란 걸 느꼈다.

어디선가 추격자들이 달려오는 진동이 느껴졌다. 여러 사람의 발소리가 쿵쾅거리며 이쪽을 향해 다가오고 있었다. 데이비드는 가장 가까운 데 보이는 문의 손잡이를 잡고 미친 듯이 돌렸다. 기적처럼 문이 열렸다. 데이비드와 할리는 어둠속으로 뛰어 들어가며 문을 닫았다.

철컥 하고 문이 닫히는 순간, 데이비드는 또다시 어

딘가에 갇혔다는 것을 깨달았다. 어딘지 알지도 못하는 어두운 곳에 갇혔다는 생각이 들자 겁이 나서 미칠 지경이었다. 이런 컴컴한 곳에 뭐가 숨어 있을지 어떻게 알겠는가? 데이비드는 손으로 얼굴을 가리며 맥없이 주저앉았다. 할리 역시 탈진한 듯 옆에 주저앉았다.

"그 남자 죽어 있었어. 침대에 있던 그 남자."

할리가 웅얼거렸다. 어둠 속에서 할리는 훌쩍거리고 있는지도 모른다.

"쉿!"

데이비드가 속삭였다. 쿵쾅거리는 발걸음이 문 앞을 순식간에 스쳐 지나갔다. 데이비드는 손을 뻗어 할리의 팔에 얹으며 말했다.

"죽지 않았을 거야."

데이비드는 이치에 맞으면서도 위안이 되는 말을 해 주고 싶었다.

"죽은 사람은 피를 흘리지 않아. 정말 죽었다면 심장이 고동을 멈춰서……."

"죽었다고. 그뿐 아니라……."

할리는 입을 다물었다. 데이비드는 할리가 하려는 말이 무엇인지 생각하고 싶지 않았다. 아까 방에 들어갔을 때, 침대가 비어 있었다는 것은 데이비드도 분명히 기억하고 있었다.

데이비드에게 두려움을 안겨 주려는 듯 음악 소리가 점점 더 크게 울려 퍼졌다. 어둠이 음악 소리를 따라 윙윙대고, 데이비드의 머릿속도 윙윙 울려 대는 것 같았다.

음악 소리가 서서히 잦아들었다.

"저 음악 정말 싫다."

데이비드가 숨을 몰아쉬며 말했다.

"바흐야!"

할리가 작은 소리로 귀띔해 주었다.

"바크[7]? 멍멍?"

데이비드가 할리 쪽으로 고개를 돌렸지만, 너무 어

---

7 bark 짖다

두워 아무것도 보이지 않았다.

"바흐, 작곡가 말이야. 여기 온 다음부터 계속 그 음악이 나오고 있어. 모차르트도 나왔던 거 같아. 아무튼 계속 오르간 음악만 나오네."

데이비드는 할리가 음악가와 오르간 음악에 대해 알고 있다는 사실이 놀라웠다. 음악 선생님인 엄마에게 음악에 관해 많이 들어 온 모양이었다.

"대체 무슨 일이 일어난 거지?"

다시 힘이 실린 목소리로 할리가 말했다. 악몽에서 깨어나 다시 한 번 자기 삶을 컨트롤해 보려는 듯이.

"퀸타가 도망가라고 소리쳐서 도망 나왔잖아."

데이비드는 숨을 크게 내쉬며 말을 이었다.

"할리, 우리가 차를 처음 발견했던 동네 말이야. 포브스 거리."

할리가 고개를 끄덕였다.

"거기 담벼락에 스프레이로 퀸타의 이름이 쓰여 있었어. '퀸타는 어디로 갔나?'라고. 근데 퀸타는 여기 있잖아. 여기서 뭐하고 있는 걸까?"

데이비드는 어둠 속에서도 할리가 어깨를 으쓱하고 있다는 걸 알 수 있었다.

"그럼 우린 여기서 뭐하고 있는 건데?"

할리가 되물었다.

"걔랑은 좀 경우가 다르지. 우린 도착한 지 얼마 안 됐고, 그 애는 여기 오랫동안 있었던 것 같아. 주변 지리에 밝잖아."

"차에 대해서도 알고 있었어."

할리가 맞장구쳤다.

"우린 함정에 빠진 거야. 그 차가 덫이었어. 사람들을 잡아 오려고 포브스 거리에 차를 갖다 놓은 것 같아. 열쇠가 꽂혀 있는 차를 보면 누구나 현혹되잖아. 그래서 포브스 거리에 이상한 소문이 돌았나 봐."

데이비드가 말했다.

"하지만 대체 무슨 의도일까? 백만 달러를 들여 저절로 운전하는 차를 만든 다음, 고작 우리 같은 애들을 잡아들이다니. 말도 안 되는 얘기잖아. 답을 거의 알 것도 같은데, 잡으려고 하는 순간 사라져 버린 느낌이 들어."

어둠 속에서 데이비드가 손을 휘저었다.

"아까 네가 오르간 음악 이야기를 했을 때 말이야. 왠지는 모르겠는데, 뭔가 중요한 단서를 말한 것 같은 생각이 들었어. 귀신에 홀렸나!"

"쉿! 여기서 귀신 얘기는 하지 말자."

할리의 목소리는 떨리고 있었지만, 평소의 삐딱한 말투가 차츰 되살아나고 있었다.

"나도 귀신은 안 믿어. 믿은 적 한 번도 없어! 그런데……."

데이비드는 이야기를 하려다 말고 말을 그쳤다. 이상한 소리 같지만 그래도 해야만 할 것 같았다.

"귀신 얘기가 나와서 말인데."

"아, 됐어!"

할리가 데이비드의 말을 자르고 벌떡 일어섰다. 뭔

가를 걷어찼는지 깡통 울리는 소리가 났다.

"전등이 어딨지?"

데이비드는 할리가 문 옆을 더듬는 소리를 들었다.

"분명히 있을 텐데. 여기 있다!"

갑자기 눈부시게 밝은 빛이 쏟아지자 데이비드는 얼굴을 얻어맞은 것 같은 느낌이 들었다.

커다랗고 눈부신 방이었다. 철제 의자와 싱크대, 철문이 달린 냉장고가 있었다. 바닥은 물론 벽까지 흰 타일이 붙어 있었고, 한쪽 벽면에는 번쩍이는 서랍이 달려 있었다. 홈이 파인 스테인리스 침대 두 개가 방 한가운데 놓여 있었는데, 티끌 하나 없이 깨끗했다. 방 한쪽은 플라스틱 가림막으로 가려져 있었다.

데이비드는 이곳에 한 번도 들어와 본 적이 없었지만 알아볼 수 있었다. 아까 대기실 텔레비전에서 본 방이었다. 천장을 올려다보자, 아니나 다를까 낯익은 감시 카메라의 눈이 아래를 내려다보고 있었다. 데이비드는 플라스틱 가림막이 감시 카메라의 사각지대에 있었다는 게 생각났다. 퀸타는 모든 방에 카메라가 볼 수 없는 사각지대가 있다고 했었다.

"저 가림막 뒤에 숨자. 얼른."

데이비드가 말했다.

"사람들이 뭐 때문에 수술을 받으러 여기까지 오겠어? 대체 왜?"

할리가 물었다.

"모르지. 일반 병원의 대기자 명단에서 오랫동안 기다리지 않으려고?"

아이들은 불안한 자세로 가림막 쪽으로 다가갔다.

"잠깐, 근데 여기 수술실이 아니잖아."

"수술실 맞을 거야. 저 수술대 봐."

"그보단 시체 안치소지."

데이비드는 주위를 둘러보며 얼굴을 찌푸리더니, 영혼들에게 방해라도 될까 싶어 목소리를 더 낮췄다.

"텔레비전에서 봤는데, 저런 서랍 중에 하나를 끌어당기면 거기에 주인공의 부인이 있거나, 강바닥에서 건져 낸 시체가 들어 있거나 했어."

"영안실이라고? 왜 이렇게 먼 데다 만들겠어?"

할리가 중얼거렸다. 할리의 목소리엔 새로운 상황에 대한 불안감이 가득했다.

데이비드는 음악을 들으며 가림막 뒤에서 살금살금 움직였다.

"오르간 음악."

악물고 있던 데이비드의 이가 딱딱 맞부딪쳤다.

"오르간 음악이라."

데이비드는 같은 말을 되뇌었다.

"그리고 비밀스러운 일이 행해진단 말이야. 뭔가 소름끼치는 일이 벌어지고 있는 게 분명해."

몸을 돌리자 조그만 방으로 들어가는 아치형 문이 보였다. 방에는 환자 두 명이 침대에 누워 있었는데, 돌보는 사람은 없었다. 각종 장비와 모니터가 침대를 둘러싸고 있어 마치 SF 게임 속 화면 같았다. 환자들은 죽은 듯이 누워 있었지만 모니터 화면 속의 선이 계속 움직이는 걸로 보아 살아 있는 것 같았다.

"생각해 봐."

모니터를 바라보던 데이비드가 입을 열었다.

"패브리스 박사가 부자들에게 비밀로 뭔가 의학적
인 조치를 취한다면? 예를 들어 장기 교환 같은 거.
새로운 심장을 이식받으려면 보통 아주 오래 기다려
야 하거든. 그런데 만약에……."

데이비드의 추리는 곧바로 한 단계 뛰어넘었다.

"쉿! 빨리 여기서 빠져나가자."

할리가 데이비드의 말을 끊었다.

가까운 침대에 누워 있는 남자는 아까 침실에서 보
았던 그 남자였다. 틀림없었다. 산소마스크를 쓰고 목
과 팔에 여러 호스들을 덕지덕지 달고 있지만, 손과
팔뚝에 그려진 파란 문신을 못 알아볼 수는 없었다.
피부는 창백했지만 아까처럼 이상할 정도로 투명하지
는 않았다. 데이비드는 그 남자가 뭔가를 경고하려고
자기들 앞에 불가사의하게 나타났던 거라는 생각이

문득 들었다. 그리고 옆 침대에는……

　데이비드는 줄이 연결된 시트에 가려진 사람이 누구인지 확인하고 싶었다. 분명 퀸타일 것만 같았다. 데이비드가 무얼 하려는지 알아채고 할리가 소리쳤다

　"보지 마!"

　바로 그 순간, 누군가 조용히 다가오는 소리가 들렸다. 가림막 너머로 보니 방문이 열려 있었다.

　"거기 있니? 이제 나와도 돼."

　약간 큰 소리로 누군가 속삭였다.

　할리는 입술에 손가락을 갖다 댔다. 그러나 타일 바닥을 걸어오는 발소리는 점점 가까워졌다.

　"걱정할 필요 없단다. 난 너희 편이니까."

　가림막을 엿보던 사람이 손전등을 비추었다.

　"그래, 여기 있었구나!"

　목소리의 주인공은 경비원 위니 피니였다.

#4
위니 피니

"많은 사람이 너희를 찾고 있단다."

위니 피니가 말했다.

"나도 경찰 놀이에 끼어든 것 같구나. 너희가 무슨 사고를 친 것 같던데, 난 문제아들한테 애정을 갖고 있단다. 나도 예전에 폭주족이었던 때가 있었거든."

"여기서 뭔가가 벌어지고 있어요. 엄청나게 엽기적인……."

데이비드가 말했다. 그러자 위니 피니도 뭔가 이상한 낌새를 느낀 듯 방을 둘러보았다.

"어쨌거나 여긴 연구소란다. 우리 같은 사람들에겐 이곳이 이상해 보이기는 하지만……."

혼잣말처럼 위니 피니가 중얼거렸다.

"그런데 너희 말대로 좀 수상쩍기는 하구나. 너희 같은 아이들이 무슨 해를 끼치겠니? 말도 안 되지. 내 방에 가서 숨어 있자꾸나. 주간 근무자가 오기 전까지 말이다. 아침에 사람이 많아지면 몰래 빠져나가기도 더 쉬울 거야. 그 사람들이 너희가 왔던 것처럼 태워다 줄 리는 없겠지."

데이비드는 위니 피니에게 입이라도 맞추고 싶은 심정이었다. 그 말이 정말 평범하고 믿음직스럽게 들렸기 때문이다.

"내가 복도를 살펴보마. 맞은편에 엘리베이터가 있단다."

위니 피니는 좌우를 살핀 뒤 할리와 데이비드에게 나오라고 손짓했다.

"준비 됐니? 지금이야. 따라와!"

할리와 데이비드는 위니 피니를 따라 푸른 복도를 살금살금 걸어, 엘리베이터 창살 앞에 다다랐다. 버튼을 누르자 창살이 열리고, 그다음 엘리베이터 문이 스르륵 열렸다. 엘리베이터에 올라타 위니 피니는 버튼 몇 개를 눌렀다. 엘리베이터가 쏜살같이 내려가다가 (몇 층이나 내려가는지는 모르지만) 멎었다. 문이 열리고, 아이들은 검붉은 카펫 위로 발을 내디뎠다. 온통 차가운 청색만 보다가 따뜻한 색을 보니 마음이 놓였다.

"내 사무실은 이쪽이야. 방해하는 사람은 아무도 없지. 나는 정비공이란다. 잡역부라고 할까. 들어가서 뭘 좀 먹으면서 무슨 일이 있었는지 털어놓으렴."

위니 피니가 말했다.

"배고파 죽겠어요."

할리의 말을 듣고 데이비드는 조금 놀랐다. 다시는 아무것도 먹고 싶지 않을 것 같았기 때문이다. 고기를 떠올리기만 해도 데이비드는 속이 뒤틀리는 것 같았다. 목이 말랐다. 마시고 싶은 거라곤 물밖에 없었다. 지금은 먹는 것보다, 일이 단순하고 평범하게 풀리기만을 바랐다.

위니 피니가 앞장서서 붉은 카펫을 따라 반질반질 윤이 나는 문으로 걸어갔다. 열린 문틈으로 책들이 꽂힌 허름하지만 수수한 방이 보였다. 책상은 어질러져 있고, 휴지통은 넘치기 직전이고, 낡은 스토브가 한 대 있었다. 구석 탁자에 오래된 커피포트가 놓여 있었고, 그 뒤의 찬장에는 컵과 컵받침 그리고 비스킷 통 같은 것이 보였다.

"앉아!"

개를 조련하는 듯한 말투로 위니 피니가 말했다.

"잠깐만, 춥니?"

위니 피니는 몸을 구부려 스토브를 틀었다.

"금세 토스트처럼 따끈해진단다."

데이비드는 등나무 의자에 놓인 푹신푹신한 쿠션에 편하게 털썩 주저앉았다.

"문을 잠가야겠구나. 아무나 불쑥 들어오면 안 되니까."

위니 피니는 그렇게 말하며 문을 잠갔다.

"이제 다 말해 보렴. 커피를 타 주마."

위니 피니가 데이비드에게 말했다.

"음, 저흰 집으로 걸어가고 있었어요. 몇 시간 전이었더라……."

데이비드가 이야기를 꺼내자 할리가 끼어들었다.

"어젯밤이야. 아니, 오늘 밤인가? 이상해요. 시간이 길게 늘어난 것 같기도 하고 줄어든 것 같기도 하고."

"정확히 언제였는진 몰라도요."

데이비드가 창문을 쳐다보며 말했다. 창가에 드리워진 커튼 사이로 칠흑 같은 어둠과 좀 더 짙은 손가락 같은 물체가 보였다. 나뭇가지였다. 다시 한 번 지상과 가까운 곳에 있는 것 같았다.

데이비드와 할리는 번갈아 가며 위니 피니에게 지금까지의 이야기를 들려주었다. 차를 발견한 것, 유혹

하는 듯 꽂혀 있던 키, 고속도로를 따라 언덕을 넘어온 일. 아이들이 이야기하는 동안 위니 피니는 꽃무늬가 그려진 커다란 잔에 커피를 탔다. 그러고는 주머니에서 은색 휴대용 술병을 꺼내더니 컵에 생강 같은 액체를 한 모금씩 따랐다. 위니 피니가 비스킷과 함께 커피잔을 내밀었다.

"별별 일을 다 겪었으니, 특별한 걸 마셔 줘야겠구나. 설탕과 우유도 있으니 알아서 넣으렴."

위니 피니가 의자에 등을 기댔다. 특이한 모양의 의자였다. 팔걸이는 사자 머리 모양이었는데, 팔걸이에 두 손을 올려놓으니 사자 두 마리가 손가락 사이에서 으르렁거리는 것 같았다.

할리와 데이비드의 이야기는 이제 선글라스를 쓰고 나타난 귀신 퀸타 얘기로 넘어갔다. 서로의 말에 끼어들고 참견도 해 가면서 이야기하는 동안, 차츰 두려움은 물러가고 안도감이 찾아왔다. 모든 게 평범하고 정상적인 방에 있다는 것도 안심이 되었다. 이야기를 하던 중, 할리는 커피를 벌컥벌컥 들이마셨다. 마치 어른이라도 된 것 같은 기분과 남자들끼리의 연대감을 느끼고 있는 것이리라. 데이비드도 커피를 한 모금 마셨는데, 맛이 좀 이상하다고 생각했다.

'맛이 너무 강한데. 뭘 많이 넣은 것 같아.'

데이비드는 자리에서 일어나 초조하게 방 안을 서성거렸다. 위니 피니는 그런 데이비드를 흥미로운 눈길로 지켜보았다.

"뭔가 일이 꼬이고 엉망이 된 것 같아요. 그냥 앉아 있을 수가 없어요. 얘기 좀 해 주세요. 여긴 그냥 숲을 연구하는 데가 아닌 거죠? 뭔가 다른 일들도 일어나고 있는 것 같아요."

데이비드는 양손으로 커피 잔을 감싸 쥐었다. 따뜻하고 편안한 느낌이 전해졌다.

"장기 이식이죠!"

할리가 마치 자기가 알아낸 듯 의기양양하게 말했다. 데이비드는 놀란 눈으로 할리를 쳐다보았다. 아까는 데이비드의 추리를 할리가 그다지 듣고 있는 것 같지 않았기 때문이었다.

"사람들을 길거리에서 태워 가지고 와요. 데이비드는 그 사람들을 부품으로 사용하는 거래요. 포브스 거리에서 사람들이 가끔 그냥 사라져 버리잖아요. 차를 타고요. 그런데 차 주인이 도난 신고를 하지도 않아요. 신고하는 사람이 있을 리 없죠. 공식적으로 등록된 차도 아닐 테고요. 차에 타는 사람은 실종되어 버리는 발명품인 셈이죠."

위니 피니가 웃음기가 가신 얼굴로 할리를 쳐다보았다.

"그럴 수도 있겠구나. 그 차는 내가 설계했단다. 무인 장비를 만드는 게 내 일이지. 사람이 접근하기 힘든 숲 속에서 작업할 때 그런 장비가 필요하거든. 차는 재미 삼아 한번 만들어 본 거였어. 자동 유도 장치 등의 설치를 끝내 놓고 나니 흥미가 좀 떨어졌지. 그러고 보니, 그냥 나무를 좋아하는 평범한 사람으로 보이지 않는 사람들이 여길 드나드는 게 사실이야."

이야기를 들으며 데이비드는 아무도 안 볼 때 커피를 화분에 버렸다.

"나무를 좋아하는 평범한 사람은 어떻게 생겼는데요?"

할리가 한참 만에 희미하게 웃으며 질문을 던졌다. 그 목소리는 한껏 풀어져 졸린 듯 보였다. 할리가 들고 있던 커피잔이 떨어져 바닥에 뒹굴었다. 데이비드가 깜짝 놀라 할리에게 한발 다가갔다. 가벼운 동작도 할리에게는 버거워 보였고 동작이 아주 느려지고 있었다.

위니 피니는 할리를 보며 고개를 끄덕이더니 몸을 돌려 데이비드를 바라보았다. 본능적으로 데이비드는 눈을 게슴츠레하게 뜨고 비틀거리며 자리로 돌아갔다. 위니 피니는 손도 대지 않은 자신의 커피잔 너머로 빙그레 웃으며 그 모습을 바라보았다. 그토록 다정하게 굴면서 편을 들어주던 이 남자가 커피에 약을

탄 것이다. 데이비드는 알아들을 수 없는 신음소리를
쥐어짜냈다.

"그래, 눈치를 채셨군."

위니 피니가 몸을 앞으로 당겨 데이비드를 뚫어져
라 쳐다보며 말했다. 마치 데이비드의 얼굴이 열중해
서 읽고 있는 책의 한 대목이라도 되는 것처럼.

"넌 알고 있잖아?"

위니 피니의 입가에는 찢어질 듯한 웃음이 걸려 있
었다. 할리가 느린 동작으로 두 사람을 번갈아 쳐다보
았다.

"뭐예요……?"

할리가 물었다. 말소리는 점점 더 느려지고 뭉개졌
다. 데이비드는 대답하지 않았다. 속으로는 정신이 멀
쩡했지만 숨겨야 했다. 지금은 위니 피니가 둘 다 약
에 취했다고 믿도록 놔두는 게 상책이다. 데이비드는
의자에 드러누웠다.

위니 피니가 벌떡 일어서서 아이들을 내려다보았다.

"세상엔 쓸모없는 인간들이 너무 많다니까."

위니 피니는 여전히 환하게 웃는 얼굴이었지만, 그 말투는 더는 상냥하지 않았다.

"그런데 이런 쓰레기 같은 인간들이 장기는 끝내준 단 말이지. 폐며, 심장이며, 간이며……. 반면에 쓸모 있는 사람들도 있어. 선하고 생산적으로 살아온 사람 들, 전도가 유망한 멋진 청년들. 그런 사람들이 어쩌 다 운명의 장난으로 사고를 당해 몸이 망가지니 말이 야. 술과 마약으로 스스로 몸을 망치는 인간쓰레기들 한테서 멀쩡한 장기가 썩어 나게 돼서는 안 되겠지."

위니 피니는 작은 방 안을 오락가락 거닐다가 벽에 걸린 기압계를 들여다보더니 톡톡 두드렸다. 그러고는 할리와 데이비드를 뒤돌아보았다.

"영안실 옆방에 누워 있던 두 사람은 흔히 뇌사라 고 부르는 상태에 있지. 그 생명 유지 장치를 떼어 내 면 그 사람들은 죽어. 하지만 우리는 '살아 있는' 시간 을 기술적으로 연장하고 있지. 너희가 본 것처럼 신선

한 상태로 유지해야 하거든. 그런 인간쓰레기들은 살 가치도 없어. 자기 스스로를 소중히 여기지 않는데, 왜 나 같은 사람이 그런 인간들을 존중하려고 애써야 해?"

위니 피니가 실소를 터뜨렸다.

"그래도 그 장기들은 떼어 낸 뒤에는 쓸모 있는 삶을 살다 갈 거야. 심장은 여섯 시간에서 여덟 시간 안에 이식해야 하지. 폐는 열두 시간쯤 되고. 물론 장기 보존이 가능한 부위도 있어. 피부는 신선하게 냉동하면 삼 년도 넘게 가지. 골수도 마찬가지고. 심장 판막이나 무릎 연골은 오 년 이상까지도 가능해.

우린 그 젊은이들의 몸을 아주 존엄하게 다뤄 줄 생각이야. 적어도 그 인간들이 굴렸던 것보다는 말이다. 뭐, 쓸 수 있는 부위가 별로 없긴 한데. 각막-눈에서 떼어 내는 거 있잖아-, 폐, 피부도 뭐 일부는 가능하겠군. 그리고 너희는 백혈병, 에이즈 뭐 그런 종류의 보균자만 아니라면 그야말로 노다지 광맥인 셈이지.

너희같이 어린 애들이 폐에 물이 차거나 췌장에 문제가 있진 않을 테니."

위니 피니는 아이들을 바라보며 눈살을 찌푸렸다.

"보다시피 여기 한번 발을 들여 놓으면 돌아갈 길은 없다. 있어서도 안 되지. 그런 차를 탈 정도로 멍청해서 어쩌겠단 거야? 그건 부적절한 짓거리였단 걸 너희도 알겠지. 그 역겨운 동네에서 대체 뭘 하고 있던 거야?"

데이비드는 대답하지 않았다. 대답한다면 위니 피니는 연기를 하고 있다는 걸 알아챌 것이다. 위니 피니가 한 말 중엔 맞는 말도 있었다. 데이비드와 할리는 자기 것도 아닌 차에 들어갔고, 그 차를 몰았다. 그건 정직하지 못한 짓이었다. 잘못을 저지른 건 사실이지만, 그렇다고 해서 이런 일을 당해도 마땅하다는 건 말도 안 된다.

'절대! 두 번 다신 안 그럴 거야. 여기만 빠져나간다면.'

데이비드는 속으로 생각했다.

'난 포브스 거리의 애들이었어.'

갑자기 퀸타의 목소리가 들렸다. 방에는 들어와 있지 않았지만, 데이비드의 머릿속에서 퀸타의 목소리가 울렸다.

'포브스 거리에서 문신을 했지. 귀도 거기서 뚫은 거야. 위니 피니의 말대로라면 난 인간쓰레기였지. 하지만 좀 다루기 힘들었을 거야. 피니는 나를 마음대로 요리할 수 없었어. 지금도 난 그 곁을 맴돌며 기회를 엿보고 있어.'

위니 피니에게는 퀸타의 목소리가 전혀 들리지 않는지, 계속 장기 이야기를 하고 있었다.

"너희의 각막, 간, 힘줄 등을 더 잘 사용해 줄 사람이 많단다. 너희는 의롭게 삶을 마치게 될 거야. 그건 어찌 보면 일종의 불멸인 셈이지."

위니 피니가 전화기를 집어 들었다.

'나를 불러! 빨리 날 불러내서 보게 만들라고!'

퀸타의 목소리가 들렸다. 데이비드는 말을 밖으로

꺼낼 수는 없었지만, 속에서 끌어낸 소리 없는 목소리로 아우성을 질렀다.

'퀸타! 퀸타!'

"잃어버렸던 검사 표본 2개를 내가 가지고 있소."

위니 피니가 수화기에 대고 말했다.

"상태는 양호해요. 수면제를 좀 먹였는데, 인체에는 전혀 무해할 겁니다. 약간 방심을 한 것 같지 않소? 좀 부주의했달까."

위니 피니의 어조는 부드러웠으나 위협적으로 들렸다. 누군가를 혼내고 있는 것 같았다.

"조심해야 한단 말이오."

데이비드는 몸을 떠는 시늉을 했다. 좀 과장된 몸짓으로 보였을지도 모르지만, 의심하지는 않는 듯했다. 위니 피니의 뒤쪽에서 공기가 소용돌이치며 점점 커졌다. 아무것도 없던 공간에 퀸타가 서서히 몸을 드러내고 있었다.

'그래, 퀸타는 귀신이야. 생명 유지 장치도 없잖아.'

데이비드는 귀신의 존재를 믿지 않았다. 어릴 때도 귀신을 믿어 본 적은 없었다.

'내가 실제로 존재하는지 고민은 그만해. 저 사람을 생각하라고! 저 사람을!'

퀸타의 목소리가 들렸다.

'우리의 생각까지는 모니터링할 수 없어. 다른 사람에게 이식하지도 못하지. 저 인간한테 더러운 놈이라고 말해. 멍청이! 병신! 이런 말들을 나한테 장전해 주면 내가 총알처럼 쏠게. 넌 할 수 있어. 그리고 해야만 해.'

이런 소리를 듣고 있자니 데이비드는 오싹해졌다. 마치 거울을 봤더니 무시무시한 괴물이 미소 지으며 자기를 바라보고 있는 기분이었다. 하지만 동시에 데이비드는 내부에서 어떤 힘이 솟아나는 것을 느꼈다. 그 힘의 주인은 바로 데이비드였다. 퀸타의 존재가 무언가를 해방시켜 주었다. 데이비드는 말을 마음대로 쓸 수 있고, 말장난뿐 아니라 무기처럼 사용할 수도 있었다. 데이비드는 자기가 만들 수 있는 가장 험악한 말들을 생각해내려 애썼다.

"캔탠커러스[8]! 캔타코풀럼! 푸리오소[9]!"

데이비드가 이런 단어들을 거칠게 내뱉었다. 퀸타는 그 단어들을 잡아채더니 신비로운 힘을 실어 위니 피니를 향해 발사했다. 위니 피니가 갑자기 이야기를 멈추고는 성가시다는 표정으로 데이비드를 쳐다보았다.

"닥쳐! 통화하고 있잖아."

위니 피니가 말했다.

"스날레어리엄[10]! 팡-팡[11]!"

데이비드는 말을 마구 지어내서 외쳤다. 총알이라, 맞는 말이었다. 데이비드는 그 단어들에 불을 붙여 밖으로 내보냈고, 그것을 건네받은 퀸타는 이상한 힘을 통해 진짜 무기처럼 사용했다. 만약 데이비드가 아까

---

8 cantankerous 성미가 고약한, 불평을 달고 사는.

9 furioso 격정적인, 격정적으로.

10 snarlarium '으르렁거리다'라는 뜻의 snarl과 '…에 관한 물건(장소)'이라는 뜻의 –arium을 합쳐 만든 말.

11 fang (뱀·개 등의) 송곳니.

약이 든 커피를 마셨다면, 그런 말들을 쏘기는커녕 생각해낼 수도 없었을 것이다. 흘낏 커피를 버렸던 화분을 보니, 그 식물은 불쌍하게도 화분 밖으로 축 늘어져 있었다.

한편 할리는 잠들지 않으려 애쓰고 있었다. 할리는 데이비드의 눈을 바라보며 가까스로 몸짓을 보냈다. 어설픈 동작으로 할리가 문을 가리키려 하고 있었다. 데이비드의 마음속에 복도 밖을 떠돌아다니던 그 음악이 들려왔다.

'단어들을 쏴!'

퀸타가 데이비드에게 명령했다.

'나한테 단어를 보내 봐. 그 단어들에 힘을 보태서 실체로 만들어 줄게. 지금 나는 한낱 꿈에 불과하지만, 너희를 해방시키는 꿈이야. 자유로운 꿈에는 힘이 있어.'

"그래, 아주 팀을 만들지 그러느냐!"

위니 피니는 말을 하다가 조금씩 더듬거리기 시작

했다.

"팀, 팀을……."

몸이 뻣뻣하게 굳은 위니 피니가 수화기를 떨어뜨렸다. 그러고는 데이비드를 바라보았다. 그 순간 데이비드는 자기가 알고 있는 온갖 험악한 말들을 생각해 내려고 애썼다.

"복수! 아벤갈라툼[12]!"

데이비드는 먼저 단어를 떠올린 뒤, 새로운 단어를 지어내 소리쳤다. 위니 피니가 데이비드를 향해 걸음을 내디뎠다.

'아벤갈라툼!'

퀸타가 데이비드에게만 들리는 소리로 따라서 야유를 퍼부었다. 단어들은 퀸타의 입에서 총알처럼 발사되었다. 위니 피니가 다가오다 말고 멈춰서 물끄러미 데이비드를 바라보았다. 무언가에 맞기라도 한 것처럼

---

12 avengalatum '복수'라는 뜻의 avenge와 날개가 있는 생물종을 가리키는 alata를 합쳐 만든 말.

몸이 흔들렸다. 위니 피니의 뒤에서는 할리가 기력을 약간 회복했는지 앉아 있던 몸을 추스르고 비틀거리 며 일어섰다.

"초토화! 강타!"

데이비드는 소리를 지를 때마다 퀸타가 그 말들을 움켜쥐고 위니 피니를 향해 쏘고 있음을 느꼈다. 위니 피니의 무릎이 떨려 왔다. 말들이 위니 피니를 때리고 있었다. 서 있는 모습이 불안정하기는 했지만, 할리에게도 뭔가 계획이 있는 것 같았다. 데이비드는 위니 피니가 할리를 돌아보지 못하게 해야 했다.

"대체 뭐라는 거냐? 똑바로 말해 봐!"

위니 피니가 물었다.

'난 언어의 달인이지.'

데이비드는 재빨리 머리를 굴렸다. 그리고 단어들을 주문처럼 외웠다.

디스트럭토사우루스[13]!

익티오사우루스[14]

티라노사우루스 렉스[15]!

"안 돼!"

위니 피니가 사방에서 소리가 날아오기라도 하는
듯 주위를 두리번거리며 낮게 내뱉었다.

할리는 비틀거리면서도 소리 내지 않고 문 앞에 다
다를 수 있었다.

'할리!'

데이비드는 할리를 생각했다. 할리는 약 기운에 비
틀거리면서도 이 이상한 주문 외우기를 돕고 있었다.
귀신 같은 퀸타는 그 주문으로 위니 피니의 주의를
끌었다. 다른 목소리들도 방 안에 있는 듯했다. 들리
지는 않았지만, 방 안에는 메아리가 울려 퍼지고 있는

---

13 Destructosaurus 워크래프트 게임에 나오는 공룡 모습의 괴물 캐릭터.
14 Ichthyosaurus 어룡. 중생대 쥐라기에서 백악기에 걸쳐 바다에 서식했던 수서파충류.
15 Tyrannosaurus Rex 백악기에 번성했던 육식 공룡.

것 같았다. 데이비드의 말이 이곳에서 죽어 간 많은 사람의 일부에 다시 생명을 불어넣고 있었다. 과거의 메아리들이 점점 더 강력해지고 있었다.

위니 피니의 뒤에서 할리는 문을 따려고 안간힘을 쓰고 있었다.

"비열한 놈! 사악한 인간!"

데이비드가 고함쳤다.

"스날오픈도어스[16]! 내쉬내쉬[17]! 내쉬내쉬!"

데이비드는 이런 말들을 맹렬히 토해 냈고, 퀸타는 단어들을 끌어모아 힘을 불어넣으려는 듯 팔을 벌리고 빙그르르 돌았다. 위니 피니가 방어하듯이 한 팔을 치켜들었다.

그러더니 두 가지 일이 동시에 벌어졌다. 할리는 문을 열어젖히며 바깥으로 쓰러지고, 위니 피니는 밀가루 반죽처럼 얼굴이 하얗게 질려 소리를 지르기 시작

---

16 snarlopendous '으르렁거리다'라는 뜻의 snarl과 '문을 열다(open doors)'라는 말과 유사한 발음으로 만들어 낸 말.

17 gnashgnash '이를 갈다'라는 뜻의 gnash를 반복한 말.

118

했다.

"너! 넌 이미 죽었어. 그렇게 보지 마! 내 어린 딸은 너보다 수백 배나 소중했어. 알다시피 그 애가 죽은 뒤로 난 쓸모 있는 사람들을 도운 거야, 쓸모없는 불량배들, 인류의 쓰레기들만 이용했다고!"

퀸타가 위니 피니를 뚫어지게 쳐다보고 있었다. 데이비드에게는 고춧가루를 뿌려 놓은 듯 빨간 뒤통수만 보였다.

"그 대가로 돈을 받지 않았나?"

퀸타가 위니 피니에게 말했다.

"우리 몸을 거저 나눠 준 게 아니잖아. 당신은 그걸로 돈을 벌었다고."

퀸타가 선글라스를 밀어 올리자 위니 피니와 퀸타의 눈이 마주치게 되었다. 위니 피니는 고문을 당하는 사람처럼 비명을 질렀다.

"무릎을 꿇어!"

데이비드가 외치자 위니 피니는 복종하듯 무릎을

꿇었다.

"데이비드, 빨리!"

할리가 비틀거리며 기어가고 있었다. 할리가 잘 돌아가지 않는 혀로 데이비드를 불렀다.

"지금이야!"

데이비드는 퀸타와 위니 피니 사이를 뚫고 문을 향해 뛰었다.

"우습군! 당신 속이 다 들여다보여!"

퀸타가 큭큭 웃으며 말했다.

"난 이 아이들의 에너지와 힘 그리고 말을 무기처럼 사용해. 아이들을 통해 움직인다고 할까."

위니 피니가 다시 비명을 질렀다. 데이비드는 출입구 앞에서 잠시 멈춰 섰다. 다음에 무슨 일이 벌어질지 궁금해서 견딜 수가 없었다.

"빨리!"

할리가 문 손잡이를 돌리며 데이비드를 재촉했다.

데이비드가 돌아보니, 퀸타의 뺨 위, 눈 아래쪽에 시

커먼 민달팽이가 기어가고 있는 듯한 형체가 눈에 띄었다. 퀸타가 데이비드에게 뭔가를 말하려는 듯 천천히 고개를 돌렸다. 불빛이 민달팽이를 비추자 그곳이 검붉은 색으로 빛났다. 선글라스를 밀어 올린 퀸타가 데이비드를 정면으로 바라보았다.

퀸타의 얼굴에는 눈이 없었다. 두 눈을 도려낸 자국만 남아 있었다. 눈구멍이 너덜너덜해진 채 웃고 있는 퀸타의 모습은 무시무시했다.

"넌 길거리 쓰레기야!"

위니 피니가 퀸타의 발을 피하려 이리저리 구르며 소리쳤다. 위니 피니는 버둥거리며 뒤로 기어가더니 책상에 몸을 기댔다.

"난 네 눈을 제대로 사용해 줄 사람에게 줬다고. 훌륭한 예술가였어."

"그걸로 원망하지는 않겠어."

퀸타가 웃음을 터뜨리며 말했다.

"내가 뭘 어쩌겠어? 결국 당신은 내 심장도 가져갔

잖아. 얼린 상태로!"

퀸타는 입고 있던 코트를 열어젖혔다. 퀸타의 맨 가슴이 드러났다. 겨울철의 바싹 마른 씨앗 꼬투리처럼 벌어진 가슴 속에는 아무것도 없이 텅 비어 있었다.

"심장뿐만 아니라 다른 것들도."

퀸타가 코트를 잡고 양옆으로 활짝 젖혔다. 그러자 코트에 감춰졌던 몸이 양쪽으로 갈라지며 혈관과 다른 신체 조각들이 바닥으로 쏟아져 내렸다. 다른 사람들이 쓸 수 없는, 필요 없는 부위들이었다.

위니 피니는 온몸을 뒤틀며 안간힘을 썼지만, 마치 바람이 빠져나가는 풍선처럼 차츰 무너지기 시작했다.

"오, 남자란 얼마나 멋들어진 걸작[18]인가. 물론 여자도!"

"서둘러!"

할리가 문간에서 외쳤다.

---

18 "What a piece of work is man." 셰익스피어의 희곡 〈햄릿〉 인용.

위니 피니는 다시는 숨을 들이쉴 수 없게 된 사람처럼 헐떡이기 시작했다. 바닥에서 버둥거리던 위니 피니가 발로 쓰레기통을 차서 넘어뜨렸다. 구겨진 종이들이 기다렸다는 듯 밖으로 튀어나왔다. 위니 피니는 두 손으로 번들거리는 바닥을 내리쳤다. 헐떡거리던 숨소리가 그르렁거리는 소리로 바뀌었다. 마침내 위니 피니는 바닥에 쓰러져 움직임을 멈췄다.

퀸타가 올라가 있던 선글라스를 툭 쳐서 다시 눈에 걸쳤다. 퀸타의 등 뒤에서 연기가 피어 올랐다. 마치 드라이아이스로 특수 효과를 내는 것 같았다.

"자기 심장부터 내놨어야지. 안 그래?"

퀸타가 덧붙였다.

"돌이켜 보면 살아 있었을 때 난 별거 아니었어. 어쩌면 우여곡절 끝에 내 눈, 간, 콩팥 등을 갖게 된 사람들은 나보다 그걸 더 유용하게 썼을지도 몰라. 그치만 다른 사람의 눈을 빼서 기부하기 전에 자기 눈부터 기부했어야지. 안 그래? 난 꼭 위니 피니를 잡고 싶었어. 귀신의 존재를 믿어 주는 사람을 찾아봤지만 소용이 없더라고. 그래서 너희 둘이 나타났을 때, 정말 온통 마음을 집중했어.

스캐그, 문신하고 있던 남자 말이야, 패브리스와 위니 피니는 나한테 했던 짓을 그 남자에게도 저질렀어. 장기들을 상품 가치가 있는 상태로 보존 장치에 넣어 뒀다가, 필요할 때 쓰려고 했던 거야. 어쨌거나 이제 그 작자들은 죽어 버렸지. 난 떠날 거야. 이 다음 단계가 뭔지는 잘 모르겠지만 상관없어. 어떤 것이든, 지금보다는 좋아지겠지."

데이비드가 바라보는 가운데 퀸타는 점점 투명해져 공기와 같은 색이 되었다. 텅 빈 눈구멍을 가려 주던 선글라스가 잠시 허공에 걸린 채 세상을 바라보았다. 마침내 퀸타는 사라졌다.

"빨리 와!"

할리가 다시 외쳤다. 할리의 목소리는 쉬어서 낯설게 들렸다.

"가만히 있다가는 내가 다시 잠에 곯아떨어진다고. 당장 와!"

데이비드는 바닥에 쏟아진 종이들이 불에 타고 있다는 사실을 퍼뜩 깨달았다. 위니 피니가 찬 쓰레기통이 스토브 쪽으로 쓰러진 것이다. 쓰레기통이 활활 타올랐고, 책상에도 불이 옮겨 붙었다. 플라스틱이 녹는 고약한 냄새가 나면서 방 안 가득 연기가 차오르기 시작했다. 데이비드는 돌아서서 달렸다. 캑캑거리는 데이비드의 뒤를 연기가 뒤따랐다. 등 뒤에서 불꽃이 높이 치솟았다.

'여기서 결코 빠져나갈 수 없을 거야.'

데이비드가 절망에 빠진 순간, 갑자기 하늘에서 내린 축복처럼 천장의 스프링클러가 작동했다. 데이비드는 넘어지면서 할리의 옆으로 쓰러졌다. 뒤쫓아 오던 연기가 데이비드의 몸을 칭칭 감았다.

"1층은 이쪽이야."

할리가 입속말로 웅얼거리더니 그 자리에 못이 박

힌 듯 섰다.

"자면 안 돼!"

데이비드가 일어서서 큰 소리로 외치며 할리를 흔들어 댔다.

"지금은 안 돼! 넌 그 커피를 다 마시지도 않았어. 쏟았잖아."

할리와 데이비드 주위에서 연기가 움직였다. 마치 아이들이 빠져나갈까 봐 주변을 맴도는 위니 피니의 유령 같았다. 데이비드는 할리의 어깨 너머로 어른거리는 검은 그림자를 발견했다.

"저기 누가 있어."

데이비드가 콜록거리며 외쳤다.

"덩치가 엄청 커!"

데이비드의 가슴이 덜컥 내려앉았다. 그런데 그 순간 생각나는 게 있었다.

"들어올 때 봤던 동상이다! 저기 어디 출구가 있을 거야."

그것은 사실이었다. 얼마 뒤 할리와 데이비드는 우뚝 선 우주선 모양의 하얀 건물에서 빠져나올 수 있었다. 사람들이 데이비드와 할리를 향해 달려 왔다.

"어디 숨어야 하지?"

할리가 헉헉거렸다. 하지만 사람들이 주목하는 건 할리와 데이비드가 아니었다. 머리 위 창문에서 뿜어져 나오는 연기와 건물에서 치솟는 불꽃이었다. 한 남자가 할리와 데이비드를 발견하고 천천히 다가오더니 멈춰 섰다.

"어떻게 된 일이냐? 무슨 짓을 한 거야?"

그 남자가 물었다.

"저흰 아무 짓도 안 했어요."

데이비드가 말했다. 그 순간만큼은, 적어도 그 말이 진실인 것처럼 느껴졌다. 살았다는 안도감이 데이비드를 감쌌다. 안도감은 명치끝에서부터 시작해 몸 위쪽으로 퍼져나갔다. 건물 창문마다 꾸역꾸역 퍼져 나오는 연기처럼, 데이비드 안에서 석탄이 검은 연기를 내

뿜는 것 같았다.

할리가 무릎을 꿇더니 땅바닥에 드러누웠다. 데이비드도 바깥세상이 흐릿하게 지워지며 닫히는 것을 느끼며 털썩 쓰러졌다. 먼 곳 어딘가에서 늑대의 울음소리가 들리고, 이어서 또 다른 늑대가 울부짖었다. 소방차가 오고 있는 모양이다.

#5
집으로

"위니 피니라는 사람, 의사가 아니고, 임업용 자동기기 분야를 전공한 엔지니어였다는구나. 불행히도 좀 안 좋은 일을 겪었나 봐. 아내와 사별하고 혼자서 딸아이를 키우고 있었는데, 끔찍이 아끼던 딸이 심장에 결함이 있었다지 뭐니. 심장 이식수술 대기자 명단에는 들어가 있었는데 수술도 못 받아 보고 순서만 기다리다가 그냥 세상을 떠났대. 딸애가 죽은 게 그 사람을 벼랑 끝으로 내몬 거라고들 그러더구나."

데이비드의 머리맡에서 엄마가 말했다.

"어쨌든 그 다국적 기업이 윌즈덴 수목 연구 센터의 지분을 샀을 때, 위니 피니가 몇몇 수상한 사람들과 접촉을 했어. 간단히 말하면 윌즈덴 연구 센터 안에서 아주 안 좋은 사업을 벌인 거지. 그 사람들이 한 건……."

데이비드의 아빠가 말했다.

"진짜 수술을 했다니까요. 여기서뿐만 아니라, 호주, 싱가포르 같은 곳에서도요. 몇 곳에 기지가 있는 것 같았어요. 의료진이 관광객인 것처럼 입국하지만, 목적지는 윌즈덴 수목 연구센터인 거예요. 그 사이에 위니 피니는 이상한 차를 개발했고, 패브리스 박사와 함께 거리에서 사람들을 납치해 갔죠."

데이비드는 몸서리쳐지는 기억이 되살아난 듯 소리를 높였다.

"저희 언제 퇴원할 수 있나요? 급할 건 없지만요."

할리가 불쑥 물었다. 할리의 큰누나가 한 번 병문안을 왔을 뿐, 할리의 아빠는 얼굴 한번 비치지 않았다.

할리는 틀림없이 버림받은 기분을 느끼고 있을 것이다.

"커피에 들어 있던 약물 성분은 잘 해독된 것 같은데, 의사가 그래도 하루만 더 경과를 두고 보자는구나. 내일 너희를 데리러 오마."

데이비드의 아빠는 머뭇거리다 힐끗 손목시계를 보았다.

"할리, 사실 너희 엄마가 지금 멜버른에서 비행기를 타고 오고 계신단다."

잠시 침묵이 흘렀다.

"엄마가 여기엔 뭐 하러 오신대요?"

할리가 투덜거렸다.

"네가 잡혀 갔던 이야기를 듣고 무척 걱정하셨단다. 쉽지 않겠지만, 엄마에게 잘해 드리려고 노력해야 해. 앞으로 며칠 동안은 네가 우리 집에서 지내기로 얘기가 됐단다. 아버지가 일 때문에 힘든 상황이시잖니. 너를 돌봐 주기엔 너무 바쁘시고."

"쳇! 아빠는 절 지긋지긋해 하세요. 아마 제가 아니

라 다른 아이면 좋겠다고 생각하실걸요."

데이비드는 할리가 울지 않으려 참고 있다는 걸 알
수 있었다.

"어쨌든 데이비드 집에는 갈게요. 그리고, 괜찮아요.
엄마를 보는 거."

할리가 얼른 덧붙였다.

"네가 오르간 음악에 대해 알고 있는 건 엄마 덕분
이잖아. 그 음악 덕분에 위니 피니도 퀸타를 보게 되
었을 거야."

데이비드가 거들었다.

"퀸타라니?"

데이비드의 아빠가 물었다. 데이비드와 할리는 얼굴
을 서로 마주보고는 입을 다물었다. 뇌사 상태의 두
남자는 시체 안치실 옆방에서 발견됐지만, 다른 희생
자의 흔적은 발견되지 않았다. 그래서 둘만 있을 때가
아니면 왠지 퀸타의 존재는 말할 수 없는 비밀처럼 느
껴졌다. 데이비드의 부모님은 빨리 퇴원시켜 주겠다고

약속한 뒤 두 소년을 안아 주고 떠났다.

"데이비드."

할리가 데이비드의 이름을 불렀다. 데이비드가 새삼스럽다는 듯 할리를 쳐다보았다. 할리는 데이비드의 이름을 부르는 경우가 거의 없었다. 평소에는 보통 "야, 너!"라고 부르곤 했다.

"그 애가 우리의 생명을 두 번 이상 구해 줬어. 퀸타 말이야."

할리가 말했다.

"맞아. 우리가 그 침대에 누워 잠이 들었다면……아마 다시는 깨어나지 못했을 거야. 퀸타는 패브리스 박사, 그다음에는 위니 피니한테서 우리를 구해 줬어."

"맞아."

할리가 진저리를 쳤다.

"소방관들이 진짜 숲을 관리하는 사람들이라 다행이야. 다국적 범죄 집단과는 관련이 없었으니까."

"소방관들이 경찰을 불러 준 것도 그렇고."

데이비드 말에 할리가 맞장구를 쳤다. 하지만 할리는 지금 어떻게 탈출했는지보다도 다른 생각에 빠져 있었다.

"그건 그렇고, 퀸타가 그랬잖아. 퀸타가 위니 피니를 죽이기 전에 말이야. 우리가 귀신의 존재를 믿기 때문에 자기가 보이는 거라고. 퀸타는 우리 덕분에 소원을 풀었고, 우린 퀸타 덕에 탈출했어. 네가 그 욕 같은 단어들을 위니 피니에게 쏘아 대다시피 했잖아. 퀸타가 그 단어들에 엄청난, 초자연적인 힘을 보태서, 그 말들이 총알처럼 위니 피니를 맞힌 거야."

"난 귀신을 믿지는 않지만, 앞으로는 좀 믿게 될지도 모르겠어. 어젯밤까지는 아니었어. 진짜 한 번도 믿어 본 적 없다니까."

데이비드가 한숨을 쉬며 말했다.

"난 믿어."

할리가 간단히 말했다.

"세게 보이고 싶어서 안 믿는 척했지만 사실은 믿었

어. 아빠랑 누나랑 다른 사람들이 항상 날 얕잡아 보 잖아. 너도 포함해서."

데이비드는 그 말을 곰곰이 생각해 보더니 졸음 가 득한 말투로 결론을 내렸다.

"음, 넌 귀신을 믿고, 난 그런 책을 읽으니까. 뭐 비 슷한 거 아니겠어?"

할리의 대답은 들려오지 않았다. 앵무새 볏처럼 머 리카락을 쭈뼛 세운 할리는 잠에 곯아떨어졌다.

그리고 채 1분도 지나지 않아, 데이비드도 잠에 빠 져들었다. 잠이 든 데이비드의 튼튼한 심장은 규칙적 으로 뛰고, 건강한 폐는 매끄럽게 숨을 쉬었다. 손끝 에서 발끝까지 모든 부위가 완벽하게 움직이고 있었 다. 그리고 너무 피곤해서 어떤 악몽도 데이비드의 잠 을 방해하지는 못할 것이다. 물론 데이비드는 꿈을 꾸 겠지만, 계속해서 꿀 테지만, 어쨌든 그 꿈은 깨어난 뒤에야 알게 될 일이다.

옮긴이의 말

퀸타는 어디로 갔나?

퀸타라는 아이를 찾는 낙서가 곳곳에 적힌 음울하고 황량한 포브스 거리에서 반짝이는 은색 공이 달린 열쇠가 꽂혀 있는 차를 발견한 두 소년, 할리와 데이비드. 여섯 달 전 사랑에 빠져 집을 떠난 엄마 때문에 삶을 대하는 태도가 삐딱해져, 갈수록 위험한 짓만 찾아다니는 할리 그리고 이런 할리에게 엮여 버린 데이비드는 결국 수상한 차에 올라타고 만다.

할리와 데이비드라는 두 소년의 이름을 보면서 가장 먼저 떠오른 이미지는 세계적인 오토바이 브랜드 '할리-데이비슨(Harley-Davidson)'이었다. 불법 장기 이식 조직에서 탈출하려는 두 소년 할리와 데이비드 그리고 유령 퀸타의 강력한 파워가 할리-데이비슨의 이미지와 겹쳐지는 구석이 있지 않은가.

자동 운전 시스템이 장착된 줄도 모르고 자동차에 올라탄 소년들이 윌즈덴 숲에서 본격적인 모험을 시작할 즈음해서는 그림형제의 모험을 다룬 영화 〈그림 형제: 마르바덴 숲의 전설〉이 생각나기도 했다. 미스터리로 가득한 미르바덴 숲의 어두운 분위기가 윌즈덴 숲으로 고스란히 옮겨진 데다, 그림 형제 역시 숲으로 들어가 실종된 소녀들을 구해내는 모험을 벌이기 때문이다. 스릴러 영화처럼 긴박하게 펼쳐지는 전개 덕분에 책을 읽는 내내 마음을 졸이고, 긴장의 끈을 늦출 수 없었다.

숲의 나라 뉴질랜드를 사랑해서 평생 자신의 나라

를 떠나지 않고 살았던 뉴질랜드의 국민 작가 마거릿 마이. 작가가 특히 애정을 가지고 대했던 독자층은 어린이와 청소년이었다. 어린이 문학에 기여한 공로로 훈장을 받기도 한 작가의 마음은 《오르간 뮤직》에서도 따뜻하게 빛난다. 엄마가 자신을 버리고 떠난 일로 상처를 받은 할리와 그런 할리를 속 깊은 우정으로 감싸는 데이비드의 모습에서 공감과 소통이 인간관계에서 얼마나 중요한 요소인지에 대한 작가의 통찰력이 드러난다.

악의 무리와 대결해서 통쾌한 승리를 거두게 하는 일등공신은 바로 책이란 사실을 깨닫게 하는 오묘한 스토리텔링 또한 책을 사랑하는 작가답다. 상상력이 풍부한 데이비드가 뛰어난 어휘구사력으로 악당 위니피니를 물리치는 과정을 보고 있노라면, 아이들에게 "책을 많이 읽으라."고 잔소리할 필요가 줄어들지도 모르겠다는 생각이 든다. 현란한 언어의 총알로 이 험난한 세상을 뚫고 나갈 수 있다는 희망의 증거가 되는 책이므로.

　책을 좋아해 오랫동안 도서관 사서로 일했던 마거릿 마이! 책을 좋아해 오랫동안 도서관 사서로 일하고 있는 역자가 이 책을 번역하게 되어 얼마나 기쁘던지. 세계적인 작가 마거릿 마이의 책을 읽으며 사서라는 직업에 대한 자부심 지수가 급상승했음은 물론이다. 할리와 데이비드의 위험천만한 모험을 끝까지 지켜본 독자들이 마거릿 마이가 책과 보냈던 그 모든 시간을 떠올려 볼 수 있었으면 좋겠다.

　　　　　　　　　　　　　　　　　심혜경

자유로운 꿈에는 힘이 있어.

푸른봄 문학 ⑲

오르간 뮤직

마거릿 마이 글 | 심혜경 옮김

초판 인쇄일 2014년 12월 1일 | **초판 발행일** 2014년 12월 19일
펴낸이 조기룡 | **펴낸곳** 내인생의책 | **등록번호** 제10호-2315호
주소 서울시 강서구 가양동 52-7 강서한강자이타워 A동 306호
전화 02)335-0449 | **팩스** 02)6499-1165
전자우편 bookinmylife@naver.com | **홈카페** http://cafe.naver.com/thebookinmylife
편집장 이은아 | **편집1팀** 조정우 이다겸 이지연 김예지 | **편집2팀** 박호진 이성빈 이동원
디자인 안나영 김지혜 | **마케팅** 서영광 | **경영지원** 김지연

Organ Music
© Margaret Mahy 2010 (text)
First published in 2010 by Gecko Press Ltd, Wellington, New Zealand.
All rights reserved.
Korean translation copyright © 2014 by BookInMyLife Publishing Co.
Korean translation rights arranged with Gecko Press
through The ChoiceMaker Korea Co.

이 책의 한국어판 저작권은 초이스메이커코리아를 통해
Gecko Press와 독점계약한 내인생의책에 있습니다.
저작권법에 의해 한국 내에서 보호를 받는 저작물이므로 무단전재와 복제를 금합니다.

ISBN 979-11-5723-128-7 (43840)
ISBN 978-89-97980-98-7 (세트)
(CIP제어번호 : 2014030997)

* 책값은 뒤표지에 있습니다.
* 잘못된 책은 구입처에서 바꾸어 드립니다.